フロベール『感情教育』〈無気力な情熱〉と崇高

橋本由紀子

La passion inactive et le sublime dans *L'Éducation sentimentale* de Flaubert

えにし書房

ドストエフスキーの全ての小説は『罪と罰』と呼ばれていいだろう。
フロベールの全ての小説――特に『ボヴァリー夫人』――が
『感情教育』と呼ばれていいように。

（マルセル・プルースト）

◇目次◇

まえがき

「日ごとにどこかの星が消え去る、昨日は神、今日は愛、明日は芸術[1]」

教義で規定された宗教には属さなくとも、ギュスターヴ・フロベール（一八二一〜一八八〇）は宗教的な作家である。フロベールが関心を持っていたのは、信仰を持つ人間であり、人間が神性を求めて感じる宗教感情[2]だった。カトリック作家とされるフランソワ・モーリヤックが指摘するように、フロベールの生涯には「自らが思っている以上に[3]」、神あるいは神的存在が関わっていた。

フロベール作品の中に息づく人物たちは、常に聖なるものとの関わりの中で生きている。フロベールが生涯こだわった『聖アントワーヌの誘惑』（一八七四）は、異形の神々がひしめく「宗教史がフィクションに入りこんだ作品[4]」であり、古代カルタゴを舞台とした『サラムボー』（一八六二）では、タニット女神やモロック神といった、神々への信仰の中で生きる人々の姿が描かれている。また十九世紀フランス、中世ヨーロッパ、古代パレスチナと時を遡る三つの小品が収められた『三つの物語』（一八七七）には、鸚鵡と聖霊を結びつける素朴な信仰心を持つ女中、両親を殺害する試練を与えられながら天へと向かう聖人、洗礼者ヨハネの斬首の挿話というように、キリスト教の色彩が色濃く描き出されている。さらに『ボヴァリー夫人』(一八五七)や未完の長編『ブヴァールとペキュシェ』(一八八一)のような十九世紀フランスのブルジョワ社会を舞台にした作品でも、十九世紀の宗教論、聖職者の欺瞞など、キリスト教が何らかの形で深く関わっている。(5)

本書の目的は、『感情教育』(一八六九)を、フロベールの宗教観を確認しながら、〈崇高〉という観点から読み解くことにある。そのために、フロベールが残した膨大な書簡にも注目する。そこには作品に対して、時代に対して、そして宗教と芸術に対しての、作家の貴重な言葉が多く見出されるからである。

『感情教育』は、発表当時こそ不評だったものの、(6)その後多くの作家たちに影響を与えたフランス文学の傑作のひとつとされる。物語の主な舞台は十九世紀フランスのパリである。主人公フレデリックは、時代の中心点となる首都で、情熱の高まりや挫折を味わう。執筆には五年の歳月がかけられており、七月王政から二月革命、第二共和制、ルイ・ナポレオンのクーデターに至るまでの政治状況の推移や、それを取り巻く様々な身分の人物たち、そして多彩な風俗の描出が作品を支えている。しかし物語の主軸は、フレデリックの恋愛にある。セーヌ河を走る船の上で出会う、パリの画商アルヌーの妻への恋慕は、物語を通じて一人の平凡なブルジョワ青年の生を浮き彫りにする。

フレデリック・モローはエマ・ボヴァリーと同様に、現実の向こう側にある理想に恋焦がれ、そこに手を伸ばし続ける過程に恍惚と幻滅を体験する。その感じやすさによって、フレデリックもエマもフロベールの分身と見なされる。しかし夢想世界に全てを捧げようと欲するエマに対して、パリでの生活も豊かな金銭も与えられながら「あらゆる弱さを持つ青年」とされるフレデリックは、何事に対しても曖昧な態度を取り、現実と夢想、期待と失望の間を漂い続ける。それでも凡庸なブルジョワ青年の目を通して、この作品には確かに〈崇高〉が描かれている。そこには愛する女性に向けられる、どうしても仰ぎ見ずにはいられない畏敬の念があり、不可触の聖性をめぐる希望や絶望、欲望や恐れといった、感情のせめぎ合いがある。しかし青年が抱く激しい恋愛感情は、この時代に生きる若者たちに特有な「無気力な（非行動的な）情熱」（la passion inactive）と呼ばれるものだった。

「無気力な情熱」とは何なのだろうか。情熱は人間を動かし、全身全霊で愛する対象へと向かわせる。しかし無気力な情熱は、あらゆることを空回りさせる。フレデリックは現在に対峙することがなく、漠然とした未来や過去にとらわれている。愛する人を欲望し、夢想し、時に幻滅し、やがて懐かしむ。常に受動的で他律的な、夢想するだけの青年である。しかし積極的な行動を起こすことができないがゆえに、対象をひたすら見つめ続けることに集中し、情熱はいつしか崇拝の念へと変貌して、相手を高みに上げて神格化する宗教性をも帯びていく。それはただ一心に神的存在を崇め、その光を身内に満たそうとする信仰者の姿にも似ている。

愛と信仰

愛と信仰は、フロベール作品において常に重要なテーマとなっている。愛も信仰も、共に崇高なものへの本能的な投身や、理性を超越した情念の横溢としてとらえられる。

ぼくたちは神が自分たちに吹き込むものによってのみ何らかの価値を持ちます。凡庸な人々を強くし、熱狂の日々に民衆をあれほど気高くし、醜い人々を美しくし、下劣な人々を浄化するものはそこにある、つまり〈信仰〉と〈愛〉です。「もしあなたがたが信仰を持てば、あなたがたは山々を動かすでしょう[7]」そう言った人が世界を変えました、なぜなら彼は疑わなかったからです。[8]

ここで、〈信仰〉と〈愛〉は共に大文字で、«la Foi, l'Amour» と並べられる。両者はキリスト者の生活における、二つの主軸と見なされる。[9] 民衆を気高く、愚劣を崇高へと変貌させる「信仰と愛」の問題は、ブルジョワ社会を描き出す『感情教育』においても重要なテーマのひとつといえる。この書簡の記述は、神的なものと人間との関係に対するフロベールの興味の高さを示している。[10]「神が自分たちに吹きこむもの」としての信仰と愛は、人間の内に生来ある崇高の表れとしてとらえられる。別の書簡では、「ぼくは信仰を持ちたいのではなく、信仰を持つ人々を見たいのです[11]」と述べられている。言葉の力によって、そうした人間たちを描出することは、フロベールの芸術にとって特に重要な目的だった。

フロベールは、人生あるいは生活（la vie）を超越したところにある、崇高なものや神的な力に身を浸そうとする心の切実な要求を、古から変わらずに続いている人間の本質と見なしていた。

何よりもぼくを惹きつけるもの、それが宗教です。全ての宗教で、どれがより良いというのではありません。一つひとつの教義には反発を感じます。しかしぼくは、こうした諸宗教を生み出した感情を、人間のうちで最も自然で最も詩的なものであると考えています。ぼくはそこにぺてんや愚かさしか見なかった哲学者たちを全く好みません。そこに、必要性と本能を見出します。そして聖心の足元にぬかずくカトリック信者と同じくらい、自らの物神に接吻をする黒人を尊敬します。(12)

教義は後付けの理論であり、時代に応じて変遷していく。それに対して、個人が本能的に求め作り出してきた宗教は、キリスト教に限らずどの宗教も同等に、人間の心の自然な希求が生み出したものとして尊重される。

人間を崇高なものとする源として、フロベールが〈信仰〉と並列していた〈愛〉にも、人間が自分の全身全霊を投じてそこに向かわずにはいられない衝動がある。恋慕の対象に焦がれる人間の中では、悦びや苦痛、不安や希望が混然一体となっている。(13) この激しい感情の揺れ動きが、平穏な日常生活を超越した崇高な世界へと向かう道筋となり、人間の「最も自然で最も詩的な」宗教感情に繋がると考えられる。

愛からは、極めて個人的な逸話と同時に普遍的な物語が生み出される。古代以来の恋愛史研究に携わったドミニク・シモネは、次のように述べている。

愛を問うのは大きくて重要な問題を提出することであり、一つの時代の道徳だけでなく戦争や、権力や、宗教や、死について考えることでもある……ピンク色の糸を引っ張れば、そこからわれわれの文明全体が出てくるのだ。「愛は西洋が発明したものである」とかつてドニ・ド・ルージュモンは述べた。これ以上に適切な要約はないだろう。(14)

『感情教育』も、一人の青年の愛の物語であると同時に、十九世紀フランスブルジョワ社会と、二月革命を中心とした激動の時代を描き出したひとつの歴史小説である。この作品では、個人と民衆の、理想へと向かう愛と欲望が交錯する。本書では主にフレデリックの愛の感情についての考察を行うが、この小説が時代を色濃く映し出しており、フレデリックが平凡なブルジョワ青年とされている点や、フロベール自身がこの世代に属し、時代の証言者であり、恋愛体験をはじめとした自伝的な要素や自分の歴史観や宗教観を作品の中に潜ませていることにも、留意しておかなければならないだろう。

フロベールと宗教と芸術

多くのキリスト教文学者と言われる作家たちは、最初はキリスト教の精神性に心を惹かれ、次に信仰の問題に悩み、そこから一時的にあるいは永久的に離れてしまうという「ひとつの規則」を辿っているとされる。[15] しかしフロベールはこの法則から外れており、カトリック教会の伝統が強いフランスに生まれながら、キリスト教徒ではないという自覚を強く持ち、その姿勢を生涯貫いた。

一八二一年にルーアン市立病院の外科部長の次男として生まれたフロベールは、キリスト教や迷信を批判する父と、やはり医者の娘で宗教への関心を持たない母のもとで育つ。家族は洗礼や初聖体の儀式を受け、教会で結婚し、十字架のもとに埋葬されているが、世間一般の儀式に習慣的に従っていたからにすぎない。日常生活の中から祈りが消え去っていく時代に、非キリスト教化された家庭に生まれたフロベールは、最初から信仰の影響を受けない世代の始まりに位置付けられる。
少年時代から深い厭世観にとらわれたフロベールは、早くから宗教への興味を抱き、独自の宗教観を育んでいく。その背景には、この作家が置かれていた特殊な環境がある。

ぼくは病院という家に生まれました。（…）そして、壁一枚隔てた向こうにある、人間のあらゆる悲惨さの中で育ちました。まだ幼い頃、ぼくは死体解剖室で遊びました。それゆえにおそらく、ぼくには陰鬱で冷笑的なところがあるのでしょう。(16)

フロベールは病院という死と生が混ざり合った世界に育ち、そこで冷徹な観察眼と過剰なほどの感覚の敏感さを身に付けていく。そして自分を取り巻く凡庸な世界に、懐疑的なまなざしを向けるようになる。その傾向は、一八四六年に父親と最愛の妹カロリーヌを立て続けに失い、続いて四八年に幼馴染で文学仲間のアルフレッド・ル・ポワトヴァンが亡くなる悲痛の中で、ますます強められる。やがて苦痛をもたらす悲惨さを正面から見つめ、それを味わい、言葉にすることの意味を探るようになり、死を悲劇性で飾ることなく、悲しみの中にグロテスクを露出させようとする。

ブルジョワをとりあげた主題においては、〈醜悪さ〉（*la hideur*）が〈悲劇性〉（*le tragique*）にとってかわるべきです、悲劇性はそうした主題とは両立しないのです。(17)

たとえばフレデリックとロザネットの息子が瀕死の状態に陥った時、口の周りを覆う「かびのような白い斑点」が、「残った物質の上に植物のようなものが生えていくような感じ」と描写され、子どもの想い出を宿すはずの肖像画は、グロテスクな色彩によって「醜い、ほとんど滑稽な」ものになる（第三部四章）。こうした〈醜悪さ〉を、感傷に陥ることなく描き出すことが、フロベールにとっての真実だった。

アンリ・ギユマンは、フロベールにとっての芸術を、「唯一の全面的な信仰であり、美の仲介によって真実へ、そして絶対へと向かう[18]」ものと見なす。フロベールは嘘と虚偽を忌み嫌い、それは美と真に対置された。

〈美〉の仲介によって〈真〉を知り、両者を同一視することは大きな快楽です。この悦びから生じる〈理想的な状態〉は一種の聖性に思われます。そこには私心が関わらないために、おそらくより崇高なのです。[19]

フロベールが描こうとするのは、自分自身の感覚に根ざした〈聖性〉である。それは人間や世界の偽りない姿を、芸術という美的な形式の内に描出することで実現される。そのためにその宗教性は、教条主義や目的論を旨とする伝統的な聖性から遠ざかる。修道士が厳格な禁欲によって聖性に近付こうとするように、フロベールは一語一句を極限まで彫琢することで散文に詩の響きを持たせることをめざし、[20]形式美の中に日常の外形に覆われていた人間の真実、すなわちここで言われる「理想的な状態」(l'état idéal) を浮き上がらせようとした。『感情教育』も、そうした芸術のひとつの完成形なのである。

＊＊＊＊＊＊

本書は、全九章で構成されており、以下のように論を進めていく。

第一章「凡庸な青年の物語」では、『感情教育』というタイトルの意味を検討したうえで、主人公のフレデリック・モローがいかなる人物なのかを概観する。ロマン主義文学を愛する気弱な青年は、それまでになかったヒーロー像を見せている。現実と夢想の間、想い焦がれる人への接触の可能性と不可能性との間に揺らぎ続ける青年が身を置く、境界領域としての〈聖域〉を見る。

第二章「ブルジョワの時代」では、『感情教育』の時代を見ていく。本書では物語の政治的な部分は割愛し、フレデリックの恋愛に集中して「感情教育」の諸様相を考察するが、この小説においては恋愛と政治・革命が連動している。大革命から二月革命に至るまで、革命に向けた人々の理想はしばしば宗教的な言説で語られ、革命は聖なるものと見なされた。十九世紀フランスと「宗教」の関係をたどりながら、フロベールの宗教観、歴史観、芸術観を確認する。

第三章「世界の変容――夢想と現実の交錯」では、フランス文学史上最も美しい出会いの場面とされるフレデリックとアルヌー夫人との対面を、青年の宗教体験の始まりの瞬間としてとらえる。人妻として、母として、この女性は最初から不可触の存在と見なされる。小説で語られていたような崇拝の対象が現実世界に〈出現〉したことによって、フレデリックの世界は瞬く間に変容していく。しかし行動力に欠けたこの青年は、自らの恋愛感情を主に妄想の上で発展させていくことになる。

第四章「視線と情熱」では、愛する人を前にして、行動するかわりにひたすら見つめ続けるフレデリックの情熱が、何を描き出すのかを見ていく。『感情教育』においては、「見つめる視線としての男性、見つめられる身体としての女性」という、近代小説特有の構図が徹底されている。物語はフレデリックの視線によって語られ、宗教体験の恍惚はアルヌー夫人との視線の交わりによってもたらされる。青年が没入する、歓喜を伴う自己の外への融解の感覚は、ひとつの神秘体験と見なせる。そこでは弱々しい気質ゆえに鋭敏な、フレデリックの感覚器官の働きが重要な意味を持つことになる。

第五章「聖化と涜聖」では、フロベールが描く恋愛感情の特性として、愛する者をその人の周囲にあるモノや空間に移していく〈受肉〉のテーマに焦点を当てる。このテーマには作家自身に見えるフェティシズムの問題も関わっている。この章では、フレデリックがアルヌー夫人との逢瀬のために借りたパリのトロンシェ通りの部屋を、聖なるものと一体化する神秘体験の供儀を行う仮祭壇と見て、その宗教性を考察する。そこは娼婦ロザネットとの情事によって、涜聖というもうひとつの儀式の場ともなる。こうした〈聖化と涜聖〉を示す道具として、「銀の留め金が付いた手箱」にも注目する。

第六章「崇敬と情欲、卑俗と崇高」では、アルヌー夫人の聖性を再考する。アルヌー夫人の聖性は、娼婦ロザネットと対比される。しかしロザネットの役割は不可触の女性の代役に留まらない。二人の女性は崇高と卑俗の二項対立を混乱させる。その関係は、超自然と自然、神と人間、そして魂と肉体を接近させ融和させる、フロベールが求める宗教体験とその崇高性を解説する。

第七章「金銭と崇高」では、崇高な世界へ近付く手段としての金銭に注目する。フレデリックは、ボヴァリー夫人が憧れた理想世界、すなわち金銭的な豊かさとパリでの暮らしを手に入れている。しかしこの青年にとっても、理想世界は平凡な日常世界を超越した豪奢な品々で彩られる必要があった。その高貴な世界にフレデリックを誘ったのが、上流階級に属するダンブルーズ夫人だった。崇高と金銭との関係が、どのように物語を支えているかを確認する。

第八章「皮肉としての崇高」では、フロベール作品における、皮肉の記号としての〈崇高〉の意味を考える。フロベールにとっての崇高は、決して伝統的なキリスト教が語るような天上の魂の問題ではなく、あらゆる人間に属する肉体的欲望や弱さ、卑俗さといったものから示されるものだった。ここではパロディの役割についても考察する。〈通俗的な崇高〉が示す崇高とは、どのようなものなのだろうか。

最終章となる第九章「二つのエピローグ」では、フレデリックとアルヌー夫人との最後の逢瀬と、フレデリックと親友デローリエとの「感情教育」の総括という、比較的短い二つのエピローグを読む。失敗や幻滅の物語とされるこの小説でフロベールがテーマに据えた、アルヌー夫人という聖なる女性への〈無気力な情熱〉が語ってきたものは何だったのか。感傷的な青年の恋愛感情を通してなされた、ロマン主義的な崇高への異議申し立ての内実を明らかにしたい。

本書では複数の『感情教育』のテキストを参照しているが、翻訳の底本は、以下に記すピエール゠マルク・ド・ビアジの版を用い、引用文の後に章番号と頁数を示す。翻訳は拙訳とするが、岩波文庫の生島遼一訳を参照する。書簡については最新（二〇一七年）の電子版とプレイヤッド版（全五巻）を用い、注に引用書簡の日付と宛名、プレイヤッド版の巻数と頁数を記す。その他のフロベール作品の引用については、注に作品名とページ番号を記す（長編小説は章番号も付す）。いずれの資料・文献情報も巻末の参考文献一覧に収録する。

Gustave Flaubert, *L'Éducation sentimentale*, édition présentée et annotée par Pierre-Marc de Biasi, Le Livre de Poche «Classiques», Librairie Générale Française, 2002

（1）一八四一年九月二十一日付エルネスト・シュヴァリエ宛書簡（Flaubert, *Correspondance*, tome I, bibliothèque de la Pléiade, Gallimard, 1973, p.85）。以下、書簡は全てプレイヤッド版（詳細は巻末の「参考文献」参照）の巻数と頁数を記す。友人宛（現存する最も古い一八二九年の書簡はこの友人宛）のこの書簡には、フロベールの十九世紀フランスに対する厭世観が示されている。星に譬えられている「神」も「愛」も「芸術」も、人間が古から求めてきた「崇高なもの」である。

（2）「宗教感情」（le sentiment religieux）という言葉はフロベールの宗教観におけるキーワードとなるが、初めてこの言葉を用いたのは『ドイツ論』（一八一〇）の著者スタール夫人で、それをバンジャマン・コンスタンが理論化していた（Voir Gisèle Séginger, «Le sentiment religieux dans la littérature française du 19e siècle», *Flaubert au carrefour des cultures*, dans *Bulletin de la Section Française Faculté des Lettres Université Rikkyo*, n°40, 2011, pp.51-52）。

（3）Préface par François Mauriac, dans Henri Guillemin, *Flaubert, devant la vie et devant Dieu*, Utovie, 1998(1939), p.9.

（4）Gisèle Séginger, *Flaubert, une poétique de l'histoire*, Presses Universitaires de Strasbourg, 2000, p.7

（5）二〇一三年に出版された拙著『フロベールの聖〈領域〉――「三つの物語」を読む』（彩流社）では、『三つの物語』を中心に、本書と同じくフロベールの宗教観、作品の宗教性を明らかにする目的で、『ボヴァリー夫人』と『サランボー』の検討も行った。

（6）「なぜこの本は、期待していたような成功を得られなかったのか。これはあまりに真実で、美学的に言えば〈遠近法の虚構〉が欠けているのです。プランを組み合わせすぎた結果、プラン自体が消えてしまいました。（…）しかし芸術は自然ではありません。でもいいでしょう。これほど信念を貫いた者は他にいないと私は固く信じています。」（一八七九年十月八日付ロジェ・デ・ジュネット夫人宛書簡、*Correspondance*, tome 5, p720.）

（7）そこで、イエスは言われた。「神を信じなさい。はっきり言っておく。だれでもこの山に向かい、『立ち上がって、海に飛び込め』と言い、少しも疑わず、自分の言うとおりになると信じるならば、その通りになる。」「だから、言っておく。祈り求めるものはすべてすでに得られたと信じなさい。」（『マルコによる福音書』第十一章二十二節〜二十四節）

（8）一八五三年二月二十七日付ルイーズ・コレ宛書簡（*Correspondance*, tome 2, pp.250-251）。

（9）Voir Suzanne Toulet, *Le sentiment religieux de Flaubert d'après Correspondance*, Edition Cosmos, Québec-Canada, 1970, p.86.

（10）たとえ嫌悪すべき世界であっても、それを言葉で描き出す時、それは凡庸さの中の真実を明るみに出すような、醜さの中に美を見出すような、愚かさによって崇高を示すようなものでなければならない。『ボヴァリー夫人』執筆中に、恋人で詩人のルイーズ・コレに向けて書かれた書簡には、こうした芸術論が豊富に見出される。セジャンジェールが指摘するように、そこでフロベールが語る〈神〉には、必ずしも神学的な意味があるわけではなく、永遠性、超然、解脱など、美学的思索から生じる複雑な意味が含まれる（Voir Gisèle Séginger, *Naissance et métamorphoses d'un écrivain – Flaubert et Les Tentations de Saint Antoine*, Honoré Champion, Paris, 1997, p.62）。

（11）一八四六年十二月七日付ルイーズ・コレ宛書簡（*Correspondance*, tome 1, p.414）。この書簡で、フロベールはアウグスティヌス全集を読むのに没頭していることを告げ、この「宗教的読書」の目的を、自らの信仰ではなく信仰を持つ人々を「見る」ためとしている。

（12）一八五七年三月三十日付ルロワイエ・ド・シャントピー嬢宛書簡（*Correspondance*, tome 2, p.698）。

（13）フロベールは「愛について、ぼくはこの崇高な幸福（ce suprême bonheur）に、不安や動揺や絶望（troubles, orages et désespoirs）しか感じたことがありません！」と述べている（一八五九年十二月十八日付ルロワイエ・ド・シャントピー嬢宛書簡、*Correspondance*, tome 3, p.65）。

（14）ジャック・ル＝ゴフ、アラン・コルバン他『世界で一番美しい愛の歴史』小倉孝誠・後平隆・後平澪子訳、藤原書店、

二〇〇四年、十三頁（Dominique Simonnet et les autres, *La plus belle histoire de l'amour*, Seuil, 2003, pp.9-10）。

（15）**Henri Guillemin**, *Flaubert, devant la vie et devant Dieu*, écrit par Utovie, 1998（1er éd.1939, p.125.）ラブレー、ラシーヌ、シャトーブリアン、ランボー、ジッドや、フロベールと交流のあったミシュレ、ルナン、ボードレール等の文学者たちとキリスト教との関わり方はその規則に当てはめられるという。

（16）一八五七年三月三十日付ルロワイエ・ド・シャントピー嬢宛書簡（*Correspondance*, tome 2, p.697）。

（17）一八五三年十一月二十九日付ルイーズ・コレ宛書簡（*Correspondance*, tome 2, p.469）。

（18）**Henri Guillemin**, *op.cit.*, p.171

（19）一八五七年五月十八日付ルロワイエ・ド・シャントピー嬢宛書簡（*Correspondance*, tome 2, p.698）。

（20）「散文に詩の律動をもたらすこと（散文らしさをしっかり保ったまま）、日常生活を歴史や叙事詩のように描くこと（主題を歪曲せずに）は、おそらくばかげた試みなのでしょう。（…）でもそれはおそらく大きな試みで非常に独創的なものだと思います。」（一八五三年三月二七日付ルイーズ・コレ宛書簡、*Correspondance*, tome 2, p.287）。

序

フロベールは『感情教育』の構想について、作品の執筆を始めた一八六四年に、友人のルロワイエ・ド・シャントピーに宛てて、次のような書簡を送っている。

ぼくは今、パリを舞台にした現代の風習に関する小説に、一ヵ月前から取りかかっています。自分の世代の人々の精神史を記してみたいのです。「感情の（歴史）」と言った方がいいでしょう。これは愛と情熱についての本ですが、現代に存在し得る情熱について、つまり無気力な情熱についての物語なのです。(1)

フロベールは執筆の動機として、まず自分の世代の「精神史」（histoire morale）を挙げ、それを「感情史」（histoire sentimentale）と言い直している。この「感情」は、「愛と情熱」（de l'amour et de la passion）にまつわるものだが、「無気力」（inactif）という性質を持つと説明される。«inactif» は «actif» の対義語である。

つまりフロベールは、新たに取り組む作品のテーマに、現代に見られる感情の物語として、「積極的な行動を伴うことのない愛と情熱」を据えていた。『感情教育』は、フロベールの作品では例外的に主人公の名前を冠さないタイトルだが、「ある若い男の物語」（*Histoire d'un jeune homme*）という副題が付されている。この「若い男」は主人公フレデリック・モローというより、フロベールが言う「自分の世代の人々」に属する一青年を指していると考えられる。この平均的な一人のブルジョワ青年を通して、非行動的な愛の物語が展開していく。

　この世代は七月王政末期(2)から二月革命(3)（一八四八）、六月暴動(4)（同年）、クーデター（一八五一）を経て第二帝政(5)に至る、激動の青年期を過ごす。また十九世紀前半はロマン主義の時代として個人の感情の解放が謳われていたが、その一方で多くの青年たちは激しく移り変わる社会と自己との間に乖離を感じ、世紀病と言われる憂鬱な空気の中にいた。そこで彼らはしばしば現実から目をそらし、高貴な魂、天上世界の美といった彼方の理想を追い求め、ペトラルカのラウラ(6)のような崇高な恋人や聖なる愛を語るようになる。フレデリックはまさにロマン主義に浸り、夢想と幻滅に支配され、恋愛に聖性を見出す人物である。

　フロベールは青年期にロマン主義の影響を強く受けたものの(7)、その後一転してその作品群を、感傷的な形容詞を乱用した、崇高を卑俗な地平で語る文学であると批判する。また自分が生きる世界を、全てが均一化された愚鈍なブルジョワ社会として忌み嫌っていた(8)。しかしこの作家は、卑俗な世界に見出される人間の真実を、自らの芸術を通して描き出そうとする。本書「まえがき」で見たように、人々が本能的に崇高へと向かおうとする時に感じる苦悩や陶酔こそが人間の最も自然で詩的な感情であり、その感情は信仰や愛としてとらえられる。それはフロベールの芸術と、そこで求められる崇高という問題に直結する。フレデリックの生も、アルヌー夫人というラウラへの宗教的な、すなわち「崇高」に向けられた恋愛感情によって導かれる。

『感情教育』は、ある青年個人の物語であるだけではなく、フロベール自身を含むこの世代の、全面的な不到達の物語である。しかし不在なるものへと向かう道程こそが、この作品における「崇高」の在処となる。本書では、十九世紀フランスに生きる青年の「無気力な情熱」が描き出す生を、フロベールにおける「崇高」の視点から見ていく。崇高を失った時代に生きる青年が求める聖性＝理想の愛とは、どのようなものであったのだろうか。

（1）一八六四年十月六日付ルロワイエ・ド・シャントピー嬢宛書簡（*Correspondance*, tome 3, p.409）。
（2）七月王政：一八三〇年七月に、フランス復古王政のシャルル十世の反動政治に対して、パリ市民が蜂起した市民革命（七月革命）により始まる立憲君主制。自由主義的王党派が支持するオルレアン家のルイ＝フィリップが即位する。
（3）二月革命：ブルジョワ共和派と社会主義者・小市民・労働者が連合して、上層ブルジョワを中心的存在とする七月王政を倒し、第二共和制の時代を導いた。労働者が中心になったことから、初期のプロレタリアート革命とも見なされる。『感情教育』第三部一章では王座に群がる民衆など、その騒然とした様子が克明に描かれる。
（4）六月暴動（六月蜂起）：二月革命後、パリの諸産業のマヒにより失業率が跳ね上がり、新政府が財政負担と反乱の恐れを理由に国立作業場を解散する。それに対するパリの労働者たちによる反政府暴動。
（5）ナポレオン一世の甥にして唯一の後継者であったルイ・ナポレオンが、その知名度により国民の支持を得て、四八年十二月にフランス最初の普通選挙で大統領に選ばれる。五一年にその任期の延長を企ててクーデターを起こして共和派を一掃し、翌五二年に議会の承認を経て帝政を復活させ、ナポレオン三世として即位。ここから第二帝政の時代となる。

（6）十四世紀のイタリアの詩人ペトラルカが生涯愛し続け、詩的霊感の源泉となった女性。抒情詩集『カンツォニエーレ』（一三五〇）はラウラへの愛が主軸となっている。ペトラルキスムはフランスロマン主義にも強い影響を与えた。

（7）フロベールは、ロマン主義の影響から脱した後に、かつてロマン主義作家アルフレッド・ド・ミュッセに熱中した時代をこう回顧する：「かつてぼくはミュッセに非常に熱狂していました。叙情性、放浪癖、観念や言い回しの威勢が、ぼくの精神的悪徳をそそっていました。」（ルイーズ・コレ宛書簡、一八五二年九月二十五日、***Correspondance*, tome 2, p.164.**）。

（8）ジョルジョ・アガンベンは、ニーチェの「同時代とは、反時代的である」という言葉を引いて、同時代性とは時間に寄り添いながら同時にそこから距離を取る、自身の時間との一風変わった関係であると説明する。自分の生きる時代に真に同時代的である人は、その時間に一致できず、割れ目を通して自分の時間や時代を把握する（ジョルジョ・アガンベン「同時代人とは何か?」『裸性』岡田温司・栗原俊秀訳、平凡社、二〇一二年、二二一〜二三頁参照）。自分が属している時代を憎悪しつつその描写に向き合ったフロベールは、まさに十九世紀フランスに対して同時代的な作家だといえるだろう。

第一章　凡庸な青年の物語

物語は、一八四〇年から一八六〇年代後半までの「ある青年」、フレデリック・モローの半生を辿る。その背景には二月革命を中心にした政治的局面も詳細に描かれる。しかしこの青年は、現場に行き議論に参加したり傍観したりはするものの、身を投じるには至らない。一通りの教養は備え、将来への野望も見え隠れするが、不抜の信念を持っているわけではなく、常に流動的で非行動的、そして臆病である。優柔不断ながら人々に愛される性質を持つがゆえに、たびたび幸運な機会に恵まれるが、それも自ら引き寄せるのではなく偶然に与えられる。フレデリックは女性たちとの関係を優先して代議士になる機会を損ない、愛する女性に褒められるために将来の展望を立てる。

フレデリックは、確固とした意志をもって自らの生に向き合う伝統的なヒーロー像とは一線を画す。この青年は、「生きる代わりにたえず逃げ回っている」[1]。その場の感情に従うことで、政治的野心も約束も信念も二次的なものとなり、恋愛感情すら周囲の言葉や状況に応じて拡大したり収縮したりする。しかしそうした気の弱さゆえに描き出される、独自の世界がある。電撃的に恋に落ちるアルヌー夫人という女性に、この青年はどのようなまなざしを向け、どのような感情をもって自分が立つ地平を見せてくれるのだろうか。その不確かな世界はまず、作品のタイトルによって示唆される。

一　『感情教育』というタイトル

『感情教育』（*L'Éducation sentimentale*）というタイトル[2]は、何を示すのだろうか。一人の青年の生には確かに、希望や幻滅、喜びや倦怠といった様々な感情が渦巻いている。しかしピエール＝マルク・ド・ビアジが「謎めいたタイトル」[3]と呼ぶように、「感情教育」という表記は、しばしばその曖昧性を指摘される。«sentimental»な「教育」とは、どのような教育なのだろうか。

十九世紀フランスを舞台にした新しい小説[4]のタイトルは、一八六二年に書かれた『作業手帳』のプランでは、『モロー夫人』[5]（*Madame Moreau*）とされていた。『モロー夫人』というタイトルにはすでに、一人の女性が作品の核にあること、「感情」は主にこの女性を巡るものになるだろうことが見て取れる。『感情教育』という表記については、翌六三年四月のジュール・デュプラン宛の書簡に、「ぼくは休む間もなく、自分の『感情教育』のプラン作成に励んでいます」[6]と記されているが、最終的なタイトルの決定については、作品の出版年となる六九年にジョルジュ・サンドに宛てた、「これがぼくの採用したタイトルです。これが良いとは言いませんが、今のところ作品の内容に最もふさわしいものだと思います。――『感情教育、ある若い男の物語』」[7]という記述が見出せる。

«sentimental»という語は、ビアジによると、イギリスのローレンス・スターンが一七六八年に出した小説『センチメンタル・ジャーニー』（*A Sentimental Journey*）が、翌年の六九年にフランス語で *Voyage sentimental* と翻訳されたところからフランスに入る。その後十九世紀を通じてフランス語に定着していく中で、この語は当時、主に「感傷的」と解釈されており、一八三五年版の『アカデミー・フランセーズ辞典』に「皮肉でしか用いられない」と記されるように、嘲弄や軽蔑の意味で用いられていた。しかしちょうど『感情教育』の執筆時期と重なる一八六五年から七〇年頃にかけて、現代の意味に近い「感情にまつわる」という中立的かつ積極的な意味合いで用いられるようになる。(8) タイトルに採用したこの語の意味の変遷に、フロベールが意識的だったのは言うまでもないだろう。この語は、「序」で見た書簡に記されているように、「情熱」や「愛」に繋げられる。しかしこの作品においては同時に「感傷的」の意味を持つことも明らかである。

「教育」（éducation）という語は、フレデリックのような青年に関しては通常、勉学や友人関係、社会との接触、とりわけ恋愛体験という、様々な人生経験や試練を通して、大人の男性へと成長を遂げていく手段や過程を示す。フロベール自身も、青年時代に友人のアルフレッド・ル・ポワトヴァン宛の書簡で、「まだこれから、いくらか進歩しなくてはいけない。ぼくの感情教育はまだ完成していない。そこに到達しつつはあるが(9)」と、「感情教育」を「進歩」という文脈で用いている。またアルベール・チボーデはこの語を、「教育期間における、愛の生活経験」とし、それを「やがて人生ができあがり、自立性が確立され、人間がもはやただ同じことを繰り返せばいい時期が来れば、感受性の最終的な状態となって沈殿し、停滞する経験(10)」と説明する。ところが、『感情教育』というタイトルを冠しながら、この物語には「教育」が本来もたらす成熟がない。

ヴィクトール・ブロンベールは、フレデリックの根本的なテーマを「拒絶・逃亡・失敗」[11]と説明している。この青年はあまりに多感で横溢する想像力に翻弄されるがゆえに、現実世界と対峙することができない。崇拝する対象に一心に向かっていくように見えて、その実は必死に逃げてもいる。運命的な出会いをした女性に対して、本来は人生の試練になるべき恋愛感情を抱きながら、また自分たちが参画するべき革命の時代に身を置きながら、そこから何も習得することはなく、その場ごとの感情に流されるだけで、無為（inactif）に青年時代を過ごす。プルーストも、「感情教育」という表記を「感情的な教育」と読み、「青年に教育を施すべき指導者たちが、彼の感情のみに働きかけている」[12]と説明している。フロベールは青年の成長物語という定型を、独自色のない総称的な主人公によって破った最初の作家と見なされる。[13]フレデリックの恋愛感情によって紡ぎ出される物語は、『感情教育』というタイトルが喚起する青年の成長物語のイメージを転覆させる。エピローグでフレデリックと友人デローリエが、自分たちの人生を「失敗だった」と総括するように、これは、一人のブルジョワ青年が受けるべきあらゆる教育が、過剰な感情や感傷によって挫折へと向かう、希望から失望への「過程」の物語だといえるだろう。[14]

二　「あらゆる種類の気の弱さ」を備えた青年

物語冒頭、セーヌ川を上る船の上からパリの街並みと船を眺めるのは、最近バカロレア（大学入学資格試験）に受かったばかりの、「髪の長い十八歳の青年」（第一部一章、四一）[15]である。平民の父はフレデリックが生まれる前に亡くなり、古い貴族出身の母はセーヌ川沿いの田舎町ノジャン[16]で尊敬されながらも慎ましく暮らしており、息子の将来を嘱望しながら、その伯父の遺産をあてにしている。息子の方は、まだ輪郭も定かではないこれからのパリ生活について、「戯曲の腹案、書く絵の主題、未来の恋」を漠然と考えながら、「自分ほど善良な人間には幸福がもっと早く来てもいいのに」（同章、四三）と、メランコリックな詩を口ずさむ。この他力本願の不確定な状態は、物語を通して継続する。年金生活者という受動的な身分を得て、金銭に不自由せずに首都で無為な生活を送る余裕を与えられるフレデリックは、様々な将来を思い描く。しかしそれも常にロマン主義的な彩りを帯びた非現実的な夢物語に留まり、実際にはほとんど何の行動も起こさない。この態度は恋愛にも当てはまる。船上で出会った人妻のアルヌー夫人に一目で恋に落ち、この女性との未来を想像し行動目的は定めるものの、この青年は何もなすことができない。

いっそまっすぐ目的に突き進み、夫人に恋心を打ち明けたほうがいいのかもしれない。そこでフレデリックは、叙情的な抑揚と呼びかけに満ちた十二ページの手紙を書いた。しかしそれを破った。そして何もせず、何も試みなかった。失敗を恐れて身動きできなくなったのだ。（第一部三章、七二）

フレデリックは、何らかの夢想の実現のために画策はするのだが、思念が周辺をさまようばかりでそこから実際に一歩を踏み出すことがない。フレデリックが感じる「失敗への恐れ」は、後に次のように説明される。

ある種の人々は、欲望が強ければ強いほどますます実行に移せなくなる。自分自身への自信のなさが障害になり、嫌われることを恐れて怖じ気づく。それに、深い愛情というものは貞淑な女性に似ている。人目につくことを恐れて、目を伏せたまま日々を過ごす。（第二部三章、二七二）

ここでは欲望の強さがその人間の弱さに結びつけられているが、「欲望」は欲望の成就への「想像力」としても読めるだろう。『崇高と美の観念の起源』を著したエドマンド・バークによると、想像力は人間の不安と希望、これらと結びつく全ての情念が属する領域であるために、快苦の最も広大な分野となる。[17] 人は自分が実際に体感した感覚や、その時に受けた印象や生じた感情を想像世界で再構築し、それらを果てしなく膨張させる。したがって衝動的かつ強力な欲望を発動する恋愛感情は、フレデリックのような臆病な人間を、肥大化した想像世界に閉じ込める。この状況はその後も、「実行力もなく、神を呪い、自分の弱気を責めつつ、囚人が牢獄の中を歩き回るように、欲望の中をうろつく」（第一部五章、一三六）と描かれ、夫人へ近付くことがままならない無為な生活を強調する。

フレデリックの生活は、常に想像力に引きずられている。夫人に接するためにその夫に近付き、「何のためかもわからず気の弱さから、何か自分の恋に都合のいいことが起きないかと漠然とした期待を抱きながら」（第一部五章、一三二）際限なく付き従う。その想像世界は、それまで読んできた様々な物語を混ぜあわせたような荒唐無稽なイメージに彩られている。夫人に近付くために「偶然の出来事や異常な危険が生じて彼女を救う」（第一部三章、七五）ことを想像し、その気を引くために「ピアニストになりたい、刀傷がほしい、危険な病気になりたい」（第一部五章、一三五）と妄想する。フレデリックは文字通り感傷的《センチメンタル》で、自分の感覚や感情のみに集中する。その感傷癖はピエール＝ルイ・レイが指摘するように「魂の受動的な状態」を生み、それは「感情を統御すべき芸術家の魂の対極」に位置付けられる。[18]『感情教育』においては人物たちが「裏切られた芸術」を象徴する。画家や画商は芸術より商売に興味を持ち、フレデリックが文学者や画家といった芸術家を目指するのも、芸術そのものではなくアルヌー夫人の賞賛を目的とする。つまり彼らは自分の欲望にとらわれ、増幅する感情に支配されているのである。

フロベールは『作業手帳』で、人物たちの設定を「夫、妻、愛人、全員が愛し合っていて、全員が意気地なし（lâches）[19]」としている。この«lâche»という語こそ、フレデリックの「無気力な情熱」を象徴する。lâche ゆえに物語は失望、幻滅、諦めへと進み、確信されるのは虚無感だけとなる。この青年は決して恋愛感情を突き詰めることはなく、情熱は常に宙に浮く。アルヌー夫人への情熱を他の女性へも波及させながら、いずれの場合も夫人を引き合いにして関係を終わらせ、それでいて夫人と結ばれることもない。同じく幻滅の生を辿ったエマ・ボヴァリーは、ロマンチックな世界を全力で求め、現実との乖離を埋めようとすることで破滅へと向かったが、フレデリックはアルヌー夫人に理想の女性を見出しながら、欲望と失望、衝動と諦めとの狭間で曖昧な態度に終始する。

『感情教育』に見える、貞淑な人妻に恋慕する青年という構図は、十九世紀の文学作品におけるひとつの典型となっている。十八世紀においてはラクロの『危険な関係』（一七八二）で、貞淑な法院長夫人を独身の誘惑者ヴァルモンが陥落させる過程が描かれるが、十九世紀に入ると、若く美しい青年が、貞淑な人妻に激しい愛情を捧げる物語が次々と描き出される。バルザックの『谷間の百合』[20]（一八三六）や、その原案となったサント・ブーヴの『愛欲』[21]（一八三四）、スタンダールの『赤と黒』[22]（一八三〇）はその筆頭に挙げられるだろう。[23]これらの小説で描かれる主人公は、強い意志や行動力をもって目的に突き進み、時に女性たちを踏み台にして獲得か喪失かの挑戦に生命を賭す野心を持つ。文学好きなエマも、型どおりのドラマチックな恋愛を夢見て、「何でも知っていてその情熱や技巧で秘密の手引きをしてくれる男性」[24]を熱望し、誘惑者ロドルフとの姦通が成立すると「かつてあれほど羨望した典型的な恋の女」[25]に自分を連ねる悦びに浸り、最終的には「こよなく美しい読書の思い出によって作り出された」、「接吻のなかに自分の全てを奪ってくれる」[26]力強い男性を夢想するに至る。そうした男性的な男性像に対し、フレデリックは「あらゆる種類の気の弱さを持つ男（homme toutes les faiblesses）」（第三部一章、四四六）と称され、「こんな気の弱い意気地なしの男（faible, molasse）は見たことがない」（第三部四章、五八四）と揶揄される。この「弱さ」が、それまでの主人公と一線を画す。

フレデリックは一度固めた決意をすぐに覆し、身内に沸き立つ野心的な興奮を間もなく弛緩させ、やがて果てしない倦怠に陥る。この性質には意図的に「女性性」が与えられていると考えられる。フロベール作品においては、しばしば男性性と女性性が転覆しており、そこには既成の価値観を覆す目論見が見える。フレデリックは夫人の夫アルヌーの前で「処女のように（comme une vierge）」（第一部四章、九九）顔を赤らめ、アルヌー家に行く支度中に友人デローリエに会うと「夫に密通が露見した妻のように（comme une femme）」（同章、一〇〇）狼狽する。それに対してアルヌー夫人は確固とした意志を持つ女性とされ、別れ際には「男性のように（d'une manière virile）」（第二部二章、二二三）さっと相手に手を差し出す。フロベールの自伝的初期作品『狂人の手記』で描かれる、アルヌー夫人の前身とされる若い人妻マリアも、「男性的で力強い表情[27]（une expression mâle et énergique）」で話者を魅了する。エマも「男のような[28]（à la façon d'un homme）」と描写され、愛人となるレオンの中に処女的な美しさを見て欲情する。フロベール自身はミソジニー（女性蔑視）の傾向が強く、原則として男性は優れた者で女性は愚かな者と見ており、女性に対する褒め言葉は「男性的」だった。フレデリックの女性的な弱さは、この人物の愚かさを強調する。

ただしこの青年には、他の作品における主人公がそうであるように、フロベール自身が投影されていた。チボーデはフロベールが、「自分の人格の柔和な部分にある弱さ」を「自分自身から引き出し、まず自分の本質的な要素をもって糧を与え、次に自分の外にある要素をもって構築して」いったと述べ、「フレデリックの弱さに、自分の弱さを理想的に集約して表現した」[29]と指摘する。この人物は弱さゆえの「感じやすさ」をその特性として持つ。フレデリックは、愛する人を前にした時と同様に、現に起きていることを前にまず立ち止まり、距離を取って傍観する。そこで生じる感情が、目の前あるいは遠方に感じられる出来事を語る。否応なく揺れ動いていく時代の流れに対峙できない弱さは、かえって当時の青年の困惑や興奮をその場に立ち上らせ、複数の歴史的事件の騒乱を先鋭化する。ヘンリー・ジェイムズはフレデリックについて、「かなり自由に育てられ、彼の時代の生をよく反映する」人物とし、その外的生活の貧弱さと内面の乏しさがこの時代の狭い関係性を説明し、作品全体がこの人物の視点から語られ、それが共振することで「一種の日常叙事詩」（une sorte d'épopée de l'ordinaire）が形作られていると論じる。[30]フロベールがこのブルジョワ青年に集約した「弱さ」はまさに、「外的生活の貧弱さと内面の乏しさ」を示す。フレデリックは、外部の世界に積極的に参与する行動力を持たないがゆえにそれをただ感じることができ、紋切型の想像力しか持たないがゆえにこの世代の視点を一般化できる。そうしてひとつの時代を読者に「感じさせる」[31]ことを可能にする。

本書「序」の引用書簡の続きで、フロベールは「この主題には深い真実があるが、まさにそれゆえにおそらくほとんど面白味がないだろう」[32]と述べ、ドラマの不在に不安を示していた。しかし、ドラマを作れないその弱さこそが「無気力な情熱」であり、到達点を持たずに漂流していく生の過程を示し、周囲に起伏する歴史の流れを語る。

三　崇高を失った時代における崇高の可能性

フロベールは「人は殉教によってしか天に向かえない。天上の世界へは、荊の冠をかぶり、心臓を貫かれて、両手を血に染めて、光り輝く表情で上るものだ」[33]と述べている。フロベールにとって、崇高とは本来、極限的なところに生み出されるものだった。物事を突き詰めることのない青年の情熱に、それではどのような崇高性が見出されるのだろうか。

『感情教育』には、崇高を失った時代に対する皮肉や批判が描かれている。宗教という言葉は政治の世界に入り込み、聖性は世俗の領域に混ぜ込まれる。人々が語る宗教もフレデリックが語るロマン主義的な崇高性への憧れも、もはや崇高とは呼べない凡庸な日常世界に堕している。唯一無二の情熱も、どこかで読んだことのある本の焼き直しにすぎず、「ウェルテル、ルネ、フランク、ラーラ、レリアその他もっと平凡な作品」に「ほとんど同様に熱中」（第一部二章、六二）するフレデリックは、全ての言葉を平均化して自分の情熱に当てはめる。

それでもフレデリックがアルヌー夫人に見る理想は、到達不可能なものへの無限の希求を反映しており、そこにはひとつの宗教感情が見出される。情熱と崇高は、古くから結びつけられてきた。恋愛が発明されたとされる十二世紀の騎士道の時代には、すでに愛する女性に不可触の聖性を付与する伝統が完成され、その「聖なる愛」のイメージが、十九世紀前半のロマン主義文学に横溢する。フロベールはその安易な言葉の乱用に卑俗性を見たのだが、裏を返せばそこには、簡単に言葉でなぞることなどできないはずの、人間が内包する神的なものへの敬意が見出される。「まえがき」で見たように、フロベールは真に人間的なものの表れとして、信仰と愛を尊重していた。それは何より、崇高なものへの本能的な投身だった。フレデリックもまた、愛を語る言葉によってではなく、ただひたすら愛する対象へと没入しようとする欲求によって、ひとつの情熱のあり方を見せてくれる。

もうひとつ、フロベールにおける崇高の要素として、思い出への偏愛が挙げられる。アルヌー夫人は伝統的な批評の中で、エリザ・フーコー（シュレザンジェ夫人）に結びつけられてきた。この女性は一八三六年、フロベールが十五歳の時に北フランスのトルーヴィルの海岸で出会って電撃的に恋に落ちた、当時二十五歳の人妻である。二人の女性を繋げる根拠としては、『作業手帳』に書かれた次の記述が挙げられる。

モントロー号の船で（セーヌを）移動する。一人のコレージュの生徒、—Sch. 夫人—Sch. 氏、私。[34]

この「Sch.」は明らかに「シュレザンジェ」（Schlésinger）を示す。この女性は成就不可能な恋慕の象徴として、生涯フロベールの崇敬の対象であり続けた。シュレザンジェ夫人との出会いは『狂人の手記』に、人妻マリーとの出会いとして描かれているが、その姿は「完全に宗教的な感情をもって」[35]次のように思い出される。

なんというまなざし！　なんと美しい女性！　黒い眉の下の燃えるような瞳が、太陽のようにぼくに向けられていたのが、まだ目に浮かんでくる。
彼女は背が高く、日焼けして、素晴らしい黒い髪を編んで肩にたらしていた。鼻はギリシャ風で燃えるような目、美しい弧を描く秀でた眉、肌は赤味がかって、まるで金のビロードに覆われているようだ。[36]

美しく黒い組髪、印象深い目、日に焼けた肌、魅惑的な声などは、これも自伝的初期作品である『十一月』のマリアにも、そしてアルヌー夫人にも見出される。しかしマリーとの出会いが、恋愛の序奏にすぎなかったと認識されるのは、出会いから二年経った後である。

ぼくはあの時彼女を愛していなかった、私が今まで言ってきたことは全て嘘だった。私が彼女を本当に愛し、欲しているのは今だ。海辺を、森の中を、野原を、ただ一人歩きながら、側にいてぼくに語りかけ答えてくれる彼女を空想しているのは今だ。（…）情熱とはこうした思い出だったのだ。[37]

フロベールの恋愛感情は、距離や時間を必要とする。出会った瞬間に電撃的に生まれた愛情は、長い時間をかけて思い出の中で醸成され、次第に形を取っていく。恋人のルイーズ・コレとの関係も、時間と距離を置き、彼女を思い出す時間を存分に取ることで初めて成立するものだった。相手と距離を取って、妄想によって深められる愛という傾向は、やがてフレデリックにも受け継がれるだろう。
シュレザンジェ夫人をアルヌー夫人のモデルとする解釈は、フロベールの友人マクシム・デュ・カンが『感情教育』の登場人物について書いた、「私にその名が挙げられない人物は一人もいない、彼らはかつて私が知っていたか、あるいは共に人生を歩いた人である」(38)と具体例を挙げた記述によって後押しされている。しかしシュレザンジェ夫人はあくまでも原型にすぎない。

ぼくは想像し、回想し、組み合わせます。あなたが読んだものは、ぼくの思い出話などでは全くないのです。(39)

これはルイーズ・コレから、他の女性との関係を描いたオリエント旅行記の記述を責められたことへの返答である。フロベールが、実際に起きたことをそのまま作品で再現することはない。シュレザンジェ夫人がアルヌー夫人の造形に影響を与えていることは明らかだが、作家自身が実体験や実在の人物を作品に入れることを否定している以上、アルヌー夫人は創作された人物であり、フレデリックという青年に見つめられる「ある女性」として見られるべきだろう。自伝的に書かれた初期作品はともかく、フロベールにとって、「文学作品は決して自伝的要素の転記であってはならなかった」し、「たとえ作者らしい人物が登場したとしてもそこに自伝的要素を求めるべきではない」(40)のである。それでも一目惚れの衝撃、想像世界の膨らみ、対象の神聖化という内面世界の醸成は、たとえフロベールの実体験に直結させられるものではなくとも、作家が得た感覚の文学作品への「再構成」として、宗教感情と恋愛感情の繋がりやその宗教観をとらえる一助となるだろう。

フロベールはシュレザンジェ夫人に、『感情教育』出版から数年後の書簡で、次のように語っている。

葉を黄色く染める太陽の反射を眺めながら過去に想いを馳せています。(…)昔の日々は金色の靄の中に浸っているように姿を現します。この光り輝く背景の上に、大切な幻影が私に向かって手を差し出し、その顔が燦然と浮き出してくるのです、それはあなたの顔です! ええ、あなたの。[41]

同じ日に、友人のデ・ジュネット夫人にも、散歩した時に得られた同じ感覚を書き送っている。黄色く色づいた葉に太陽が射すのを見て、「昔の日々が、光り輝く靄の中に静かに揺らめき始めました。この光の背景に、かつて愛したいくつかの顔が浮き出し、親愛なる幻影たちが私に手を差し出すのです」[42]という。これらの書簡で記される「親愛なる幻影」(de chers fantômes)は、理想化され、崇高の段階まで高められた思い出としてとらえることができるだろう。アルヌー夫人の姿もまた、本書第三章で見るように、ひとつの「幻影」(une apparition)として姿を現すことになる。

思い出す行為は、ジョルジュ・プーレによれば、感覚が外部ではなく自己の内部に見出されることで対象と感覚との隔たりがなくなり、同じ強烈さ、同じ豊かさを持つ「純粋な再生」[43]をもたらす。この書簡に見出されるような光と神々しさは、フレデリックの中で繰り返し思い起こされるアルヌー夫人の姿にも見出される。フロベールが穏やかな感覚で思い出す昔日のシュレザンジェ夫人と、フレデリックが情念に悶えながら思い起こすアルヌー夫人とは同一のものではない。しかしフレデリックとアルヌー夫人が心を通わせて語る話題の大半が過去の共通の記憶であるように、この作品においても思い出と思い出す行為が、フレデリックの内的世界を光で照らし、対象を聖化する重要な要素となっていることは間違いないだろう。

フロベール作品において、人物たちが思い描く崇高な世界は、接触不可能な天上世界ではなく、手が届くかもしれない可能性と、理想として彼方に揺らぐものへの到達不可能性との間に位置付けられる。たとえばエマ・ボヴァリーにとって、パリは現実に存在する世界でありながら、「大海より広漠とした真紅の大気の中に揺らめく」夢の都市で、他の世界から浮き出した「天と地の間」(44)の特権的な領域と見なされた。しかし小さな田舎に閉じ込められていた免許医の妻とは異なり、フレデリックは男性で、エマが憧れたパリに住み、金銭的にも恵まれていた。『ボヴァリー夫人』においては、現実と理想とは鋭く対立しており、エマは確かに存在するはずの理想世界と空虚な現実世界との狭間で、現実でないわけではなく夢想でないわけでもない世界を全力で構築しようと試み、それが姦通と破産に直結した。

それに対してフレデリックにおいては、現実世界と夢想世界とが融合される。そもそも聖なる戦慄や驚愕は、現実から切り離された特異な世界ではなくむしろ日常生活の空隙に発生する。フロイトによれば、超越的な「何か」は、未知のものではなく、かつて慣れ親しんだものの再登場によってもたらされる(45)。現実と非現実の狭間に生じるそれはフレデリックにとって、文学作品で慣れ親しみ頭の中で思い描いていた女性の、現実世界への出現となる。しかしその女性は現実に留まることなく、常に夢想世界との狭間に漂う。彼女に恋心を燃やし散財もするが、行動するよりも夢想にふけるフレデリックは、姦通に至ることはなく破滅的な借金も負わない。とはいえ、この青年は決して徳のある人物ではなく、むしろ世間的な美徳と不道徳とを混合させ、徳の意味を骨抜きにする。

十九世紀フランスのブルジョワ社会は、個人の快楽や感情の解放を不道徳として抑圧し、制度としての家庭の平安や公衆道徳の遵守を美徳とした。それに対して「悪徳は美徳と同じくらい自分をうんざりさせる」[46]というフロベールは、肉体的罪としての悪徳、精神的清浄としての美徳といった伝統的な二項対立に反旗を翻す。フレデリックは、アルヌー夫人のブルジョワ的な貞節を称揚しながら裏切りを望み、夫人の心を得られず失望しながらそこに清浄さを見出して喜ぶ。これは社会が称揚する規範とは裏腹に、そこに生きるブルジョワたちの真実の一側面であるだろう。

フレデリックは物語を通じて、夫人に手を触れられないことに絶望しながら、視線で「離れて触れる」ことを自らに許している。少し離れたところに身を置くその立ち位置が、アルヌー夫人を不可触の聖なる存在とし続け、崇め続けることを可能とする。こうして青年が生み出す「聖域」には、本来は極限的なところに生じる崇高が、極限に至らないことで保たれるというパラドックスが見出されるのである。

(1) Introduction de *l'Éducation sentimentale* rédigée par Edouard Maynial, Garnier Frères, 1964, p.X.
(2) このタイトルは、一八四三年から四五年にかけて習作として書かれた『感情教育』、いわゆる『初稿感情教育』に付されていた。二人の性質の異なる友人という設定など、六九年版の『教育』と共通項は見出せるが、作品としては全く別の物であるため、本書では両作品の関連についてはは扱わないこととする。
(3) Pierre-Marc de Biasi, Préface de *L'Éducation sentimentale*, Librairie Générale Française, 2002, p.9.
(4) 古代カルタゴを舞台にした『サラムボー』の後、フロベールは一旦『心の城』(*Les Châteaux des Cœurs*)という夢幻劇に取り組むが、同時期に「事件が起こらない、ごく単純な筋の小説で、夫と妻、その愛人からなる」作品の構想をゴンクール兄弟に明かしている（Edmond et Jules de Goncourt, *Journal, mémoires de la vie littéraire*, tome 1, Robert Laffont, 1989, le 29 mars 1862, p.794）。この構想のひとつが『感情教育』に繋がる。

（5）Carnet 19, F°35 (juillet-octobre 1862), Flaubert, *Carnets de Travail*, édition critique et génétique établie par Pierre-Marc de Biasi, Balland, 1988, p.286.「モロー」はその後、フレデリックの苗字に移される。『作業手帳』は後に『感情教育』となる作品の構想を書きとめたノートで、パリ市歴史図書館に収められる際に保管番号が付された。特に「手帳十九」には重要な構想が多くメモされている。

（6）一八六三年四月七日付ジュール・デュプラン宛書簡（*Correspondance*, tome 3, p.318）。

（7）一八六九年四月三日付ジョルジュ・サンド宛書簡（*Correspondance*, tome 4, p.36）。

（8）Voir Pierre-Marc de Biasi, *Gustave Flaubert, Une manière spéciale de vivre*, Grasset & Fasquelle, 2009, pp.287-288.

（9）一八四五年六月十七日付アルフレッド・ル・ポワトヴァン宛書簡（*Correspondance*, tome 1, p.240）。

（10）Albert Thibaudet, *Gustave Flaubert*, tel, Gallimard, 1935, p.34.

（11）Voir Victor Brombert, *Gustave Flaubert*, écrivains de toujours, Seuil, p.101.

（12）プルーストは同じ書簡で「感情教育」というタイトルの曖昧性を指摘する（Marcel Proust, *Correspondance*, tome XIX, Plon, 1991, pp.147-148）。«L'Éducation sentimentale» は「感情の教育」や「感情による教育」とも読める。

（13）Voir Yvan Leclerc, *Gustave Flaubert, L'Éducation sentimentale*, études littéraires, Presses Universitaires de France, 1997, p.37, p.38.

（14）こうした何ものにも結びつかない物語に対して、フロベールは出版前に『干からびた果実』（*Les Fruits secs*）というタイトルも考えていた（Voir Pierre-Marc de Biasi, *Gustave Flaubert, Une manière spéciale de vivre*, op.cit., p.288）。

（15）*L'Éducation sentimentale*, Librairie Générale Française, 2002. 以下、本文中の引用文後に章番号と頁番号を記す（ここでは第一部一章、四一頁）。長髪と、この時抱えている「装飾本」は、ロマン主義時代の青年に流行した二つの紋切型である（note par Biasi, p.42）。

（16）ノジャン＝シュル＝セーヌ（Nogent-sur-Seine）。セーヌ川の航行可能な領域で最も上流にある地点。

（17）エドマンド・バーク『崇高と美の観念の起原』中野好之訳、みすず書房、一九九九年、一二一頁参照。
（18）*Pierre-Louis Rey, L'Éducation sentimentale de Gustave Flaubert*, Gallimard, 2005, p.42.
（19）Carnet 19, F°35, *Carnets de Travail*, p.286.
（20）この作品では、青年貴族フェリックスが、粗暴な夫に悩む貞淑なモルソーフ夫人に恋心を寄せる。フロベールはこの作品と『感情教育』との類似性を危惧していた：「『谷間の百合』に注意すべし」（Carnet 19, F°36, *Carnets de travail*, op.cit., p.290.）
（21）この作品はサント・ブーヴがヴィクトル・ユゴーの妻との恋愛を題材にしており、それを知ったサント・ブーヴ嫌いのバルザックが意趣返しの意を持って同じプロットで「書き直した」のが『谷間の百合』だった。
（22）この作品では野心的な青年ジュリアン・ソレルが、家庭教師先で町長の妻レナール夫人と恋仲になる。スタンダールの母がレナール夫人のモデルとされている。
（23）フランスに留まらず、この時代に姦通をテーマにした作品は多い。ゲーテの『親和力』（一八〇九）、ホーソーンの『緋文字』（一八五〇）、トルストイの『アンナ・カレーニナ』（一八七八）等、枚挙に暇がない。もちろんフロベール以降のフランス文学でも、ゴンクール兄弟、ゾラ、モーパッサン、ユイスマンスが続く。
（24）*Madame Bovary —Mœurs de Province*, Classiques Garnier, Bordas, 1990, 1-7, p.42.
（25）*Ibid.*, 2-9, p.167.
（26）*Ibid.*, 3-6, pp.296-297.
（27）*Mémoire d'un fou, Novembre et autres textes de jeunesse*, GF-Flammarion, 1991, p.289. コナール版『狂人の手記』の注には「この自伝的な文章は、書簡集と共に、フロベールの青年時代とその考えの発展を研究する上で、最も信頼できる資料」と記され、アルヌー夫人はマリアその人に他ならないと断言されている（『フローベール全集 第七巻〈初期作品 二〉』飯島則雄訳、筑摩書店、一九六六年、五〇頁参照）。
（28）*Madame Bovary*, 2-12, p.197. エマはロドルフとの関係を深めるにつれて、目付きを大胆に、言葉をあけすけにし、煙草をくわえる。そして「男のするように胴をベストで締めつけて」馬車から降りる姿に、ヨンヴィルの村の人々はエマの不貞を確信する。第三部でレオンとの関係が進むと、やがて「彼女がレオンの情婦であるよりも、むしろレオンの方が彼女の情婦に」なっていく（3-5, p.281）。

（29）Albert Thibaudet, *op.cit.*, p.153.

（30）Henry James, *Gustave Flaubert*, L'Herne, 1969, p.57.

（31）感じさせ、夢想させること（faire rêver）は、フロベールの最も重要な芸術の目的だった。本書第四章一〇一頁参照。

（32）一八六四年十月六日付ルロワイエ・ド・シャントピー嬢宛書簡（*Correspondance*, tome 3, p.409）。

（33）一八五三年九月三十日付けルイーズ・コレ宛書簡（*Correspondance*, tome 2, p.446）。

（34）Carnet 19, F°35, *Carnets de travail*, p.286.

（35）*Mémoire d'un fou, Novembre et autres textes de jeunesse*, p.287.

（36）*Ibid.*, p.289.

（37）*Ibid.*, p.320.

（38）Maxime Du Camp, *Souvenirs littéraires* (1882-1883), édition Daniel Oster, Aubier, 1994, p.581.

（39）一八四六年八月十四日付ルイーズ・コレ宛書簡（*Correspondance*, tome 1, p.302）。

（40）Stéphanie Dord-Crouslé, *Introduction de l'Éducation sentimentale*, GF Flammarion, 2001 (Deuxième édition corrigée, 2003), p.21.

（41）一八七二年十月五日付エリザ・シュレザンジェ宛書簡（*Correspondance*, tome 4, p.585）。

（42）一八七二年十月五日付ロジェ・デ・ジュネット夫人宛書簡（*Correspondance*, tome 4, p.584）。

（43）Georges Poulet, *Études sur le temps humain*, Plon, 1972, pp.351-352.

（44）*Madame Bovary*, 1-9, p.60.

（45）フロイト「不気味なもの」、『フロイト全集　十七』藤野寛訳、岩波書店、二〇〇六年、三六頁参照。

（46）一八三九年十一月十九日付エルネスト・シュヴァリエ宛書簡（*Correspondance*, tome 1, p.56）。

第二章　ブルジョワの時代

フロベールが「ボヴァリー夫人は私だ」と言ったのなら、「『感情教育』は私の時代だ」と言い得ただろう、とアルベール・チボーデは述べている。(1) フロベールはフレデリックをはじめ、この作品の登場人物たちを皮肉に満ちた筆致で滑稽な存在として描いているが、笑うべき対象とはしていない。自身の世代に属する彼ら(2)を、作家は「自分の人物たち」と呼ぶ。

　ぼくの人物たちが行動する時代はあまりに煩雑でごった返しています。(…)それゆえに明らかに非常に面白い物事を背景に後退させざるを得ないのです。(3)

フロベールは『感情教育』の背景となる時代を「あまりに煩雑」と考えており、実際に膨大な史料や文献を集めて歴史描写を行っている。しかしそれは作家によって俯瞰的に語られてはおらず、そこに息づく人間たちの感情や感覚によって色付けされていく。物語に描き出されるのは、「非常に面白い物事」とされる歴史的事件というよりは、その出来事をめぐって蠢く人間たちの欲望であり、幻滅であり、倦怠感なのである。

大革命を経て目まぐるしく政治体制が移り変わるこの時代において、社会問題は国民全体の関心事となり、世界情勢は個人の人生との関わりにおいてとらえられるようになった。『感情教育』もまた、時代と共に生きる個人の生を問題にした作品である。

十九世紀は、小説の世紀であると同時に歴史の世紀と呼ばれる。文学作品における歴史描写は、当時の人々の生活様式や行動、時代の雰囲気を、時に歴史書よりも具体的に後世に伝える。特にフランス文学は、他の国々に比べて歴史の証人という自覚を強く持っていたとされる。(4) しかし歴史学者のアラン・コルバンは、たとえ時代を映し出すことを目的とした自然主義のような文学でも、読者の想像力によって架空の世界を生み出すという文学の性質上、現実世界とは同一視できるものではないと指摘する。(5) ドミニク・シモネも現実と想像とを分離する必要性を主張し、芸術はある時代の幻想を映すもので、人々が実際に何をしたかではなく、何をしたがっていたかを伝えてくれるものと説く。(6) それでも時代に翻弄される人間によって描かれる時代の様相は、文学によってこそリアルに伝えられる。(7) フロベールと同じ時代に生きたエミール・ゾラは、『感情教育』について次のように述べている。

この作品は、私の知り得た唯一の、真の意味での歴史小説である。滅び去った時代を完璧に甦らせ、物書き稼業のからくりをいっさい用いず、事実のままの、正確で、欠けるところのない唯一の歴史小説である。(8)

『感情教育』においては、目まぐるしく移り変わる時代の騒然とした雰囲気が、人物たちが目にする光景の微視的な描写によって再現され、フロベールが嫌悪したブルジョワ社会の様相が、解説ではなく「作品によって伝えられる[9]」ものとなっている。

一　政治と恋愛の連動

フランス革命やナポレオン時代の熱狂が堕落や退廃の道へと落ち込み、王政復古や七月王政の凡俗性に虚無感を感じた世代の文学者たち――ロマン主義の作家たちからモーパッサンやゾラに至るまで――は、バルザックの『幻滅』（一八四三）や『ボヴァリー夫人』を挙げるまでもなく、幻滅をテーマにした作品を多く生み出している。『感情教育』もこの流れの中に位置付けられ、一八四〇年から五一年までのめまぐるしく時代が移り変わる十一年間と、エピローグの六〇年代後半が舞台となっている。十九世紀の閉塞的なフランス社会や、そこに生きるブルジョワたちや労働者たちの姿には、この時代を体験してきたフロベールの観察眼が鋭く向けられている。

二月革命の一幕は、フレデリックと友人ユソネの視点から、次のように描かれる。

二人は押されて思わずある部屋に入ったところ、天井に緋色のビロードの天蓋が広がっていた。その下の王座の上には、黒い髭でシャツをはだけた下層民の一人が、中国の陶製人形のように陽気で馬鹿げた格好で座っていた。他の人々もその場所を奪おうとして段をよじ登っていた。「なんという神話だ！あれが至上権を持つ民衆というやつだよ」とユソネは言った。

（…）

その時、まるで王座の代わりに限りない幸福の未来が現れたかのように、熱狂した歓喜の声が響き渡った。民衆は復讐心からというより所有を主張するために、鏡やカーテンやシャンデリア、燭台、テーブルや椅子、あらゆる家具、画布や綴れ織りの籠まで引き裂き、壊した。（…）金モールの房が作業着の袖に巻かれ、駝鳥の羽根飾りが付いた帽子が鍛冶屋の頭に載り、レジオン・ドヌール勲章の綬が娼婦の帯になったりした。（第三部一章、四二九～四三〇）

チュイルリー宮殿を飾っていた煌びやかな品々が、労働者や娼婦たちの暴力や叫喚と混ざり合い渦巻く様子は克明で、生々しい喧噪に満ちている。この後も民衆たちは、「淫らな好奇心」をもって部屋の隅々までかき回して盗めるものを探し、「懲役囚たちが王女の寝室に腕を入れ、凌辱できない腹いせにベッドに寝転がり」、最終的には「いくつも続いていく部屋に、金色に輝く家具の中を埃の雲を立てて蠢く民衆たちの黒い塊だけが見えている」（同章、四三一）状況に至る。

この歴史的事件の描写では、権力を踏みにじることに快楽を求め、それまで手を触れられなかった王宮の品々を凌辱する悦楽[10]に湧き立つ民衆たちの欲望が、一枚のグロテスクな画面を描き出している。混乱の場にいる二人の視点人物の五感を通して、視覚情報だけではなく、汗、臭い、反響する騒音、暑さ、息苦しさが、読者の感覚を攪乱する。

『作業手帳』の余白には、次のようなメモが残されている。

（一八三〇年以降に発展した）Sentimentalisme《センチメンタリズム》が政治に付き従い、その諸局面を再生産することを示す。[11]

「センチメンタリズム」は、「感情主義」や「感傷主義」と訳され、「個人的な感情を絡ませることへの偏執」を意味する。『感情教育』で展開する政治的・歴史的事件には、フレデリックを含め、この時代に生きた様々な立場の人物たちの感情や感覚が絡み合っており、チュイルリー宮殿の一場面にも、労働者、娼婦、懲役囚たちの混沌とした熱狂が満ちていた。この作品においては、政治の動向と恋愛の物語が、理想への志向とその挫折というリズムを共にしており、二月革命もフレデリックの恋愛も、共に幻滅と失敗へと向かっていく。そのリズムの中で、フレデリックの政治的野心の昂揚と恋愛への熱情が、時折入れ替わっていく。恋愛への没入は容易に政治的野心を覆し、恋愛への倦怠は野心の再燃を促す。青年の恋愛体験と政治の動向は、大事な局面で微妙に重なり合う。たとえば第二部最終章、トロンシェ通りのアパルトマンで準備されるアルヌー夫人との叶わぬ逢瀬の場面は、第三部一章の二月革命前夜であり、フォンテーヌブローの森でのロザネットとの蜜月の後には六月暴動が、青年時代の終焉を示す三人の女性との決別の直後には、二月革命の失敗を意味するルイ・ナポレオンのクーデターが起こる。ただし恋愛と政治が直接の因果関係を持つわけではなく、日付のズレにも示されるように、両者は時に響き合いながらもすれ違うことで、互いの動と静とを引き立てている。

二　世俗化されたキリスト教――『感情教育』における「宗教」

一七八九年のフランス革命から二月革命に至る時代において、「歴史と宗教とを語ることは、なおも社会体制が流動的だったこの時代の政治的立場を左右する主要な争点の一つ」[12]だった。革命後に権威を失墜したとはいえ、キリスト教会は政治体制と結びつき、人々の生活にまだ強く根を下ろしていた。『感情教育』においては、「宗教」や「神聖」という言葉が、皮肉に満ちた言葉として多く使われている。デュサルディエは「教育を神父たちに任せてしまった」[13]（第三部四章、五八八）ことがこのひどい時代の要因のひとつだと嘆き、他方で元貴族や大ブルジョワ階級の人々は、人々の尊敬を集めるために慈善活動に励んでいる。青年貴族のシジーは「自分がその方ではあらゆる務めを果たしている」（第三部二章、五一〇）ことで自分の価値を上げようとして、次第にキリスト教信仰にのめり込んでいき、ダンブルーズ夫人は「信心深い」女性として、高貴な品性を強調する。それだけに、ダンブルーズ氏の葬儀における「少数の人々を除くと、皆宗教のことにあまりに無知なので、葬儀委員長が指示する必要があった」（第三部四章、五六二）という一節には、形式的な「信者」たちへの辛辣な皮肉が見える。フレデリックも友人のデロリエから、「おまえの好きな、カトリックや悪魔派や、あんな詩人たちは放っておけ」（第一部二章、六五）と言われている。この時、「悪魔派」や「詩人」と同列に並べられる「カトリック」という呼称は、宗教「的」なものという、ロマン主義的なイメージを便宜的に示すだけのものといえるだろう。

他方で大革命も二月革命も聖なるものと見なされ、革命はしばしば宗教に関わる言葉によって語られる。俳優のデルマールは、世界の君主たちを攻撃する役どころで人気を博して「使命を帯びたキリスト」（第二部三章、二七八）と見なされ、二月革命の場面で王座に昇ろうとする人々を見たユソネは、「なんという神話！　あれが至上権を有する民衆というやつだ！」（第三部一章、四三〇）と呆れる。二月革命によって獲得された「所有権」は「宗教と同じくらい崇められ、神と混同され」、「これを攻撃するのは不敬、ほとんど人肉食のように思われる」（同章、四四一）とも説明される。「知性クラブ」で演説する愛国者の弁にはとりわけ宗教用語が多く取り込まれており、それを「皆が洗礼志願者のように口をあけて聞いている」（同章、四五三）様子が描かれる。しかし「革命家たちの中に見出されるキリスト教的なもの全てにぞっとする！」[14]と語るフロベールにとって、彼らが発する宗教用語は、崇高性を全く持たない卑俗な宗教「的」言説にすぎなかった。

宗教は商業とも密接に結びついている。人々は宗教グッズや宗教関連書籍を家に置くことで、慣習としてのキリスト教信仰を日常生活に浸透させる。アルヌーの宗教用具店は、商売と宗教とを結びつけた、世俗化されたキリスト教の最たるものであるだろう。アルヌーは「自分が常に宗教の素地を持っていた」ことを理由に、「商業主義と生まれつき目先が利く気性を結びつけて、救済と財産作りのために宗教儀式用具の商売」（第三部四章、五八三）を始める。店の看板には「ゴシック美術の店――祭式用具修理――聖堂装飾――彩色彫刻品――東方博士の香等々」（同）という文字が連ねられ、店の様子はフレデリックの目線から、次のように描かれる。

飾り窓の二隅には金色や朱色や藍色などで彩った木像がふたつ立っている。一つは羊の皮をまとった洗礼者ヨハネ、もう一つはエプロンにバラを入れ、紡錘竿を抱えた聖ジュヌヴィエーヴだった。さらに石膏の群像がいくつもある。少女に教えている尼僧、小さな寝台のそばで跪く母、聖卓を前にしている三人の学生。一番美しいのはキリスト降誕の場面をかたどった山小屋風の家だった。その中にロバ、牛、藁の上に寝た幼子イエスなどが並んでいる。使われているのは本物の藁だ。陳列棚の上から下まで、十二ずつ組にした聖牌、あらゆる種類のロザリオ、貝殻の形をした聖水盤、宗教界における名士の肖像などが見えた。肖像の中ではアッフル司教[15]と教皇の、どちらも微笑をたたえた姿が目立っていた。

アルヌーは勘定台のところで、頭をうなだれて居眠りしていた。その顔はひどく老け、こめかみの辺りには環状に薄赤い吹き出物まで見える。陽射しを浴びた金の十字架[16]の反射がその上に落ちていた。

(同章、五八二～五八三)

この光景を前にして、フレデリックは悲しみに胸を衝かれる。あれほど活動的だったアルヌーの凋落ぶりと、卑俗性をまとった宗教用品とが調和し、グロテスクな悲哀[17]が横溢している。フロベールはこの店の陳列棚を描くために、実在の宗教用具店を巡って詳細なノートをとっている。宗教用具や教本は、『ボヴァリー夫人』や『ブヴァールとペキュシェ』、『純な心』にも登場する。エマは流行の宗教本を手にし、ブヴァールとペキュシェは数々の宗教用具に強い興味を示し、フェリシテは鸚鵡の剥製＝聖霊を据えた自分の部屋を、聖水盤をはじめとした宗教用品で飾る。フロベールは一八五〇年にエルサレムを訪れた時にも、聖地に蔓延していた商業主義に辟易しており[18]、その後も「キリストは教会の売り子たちを追い出すために再臨しなければならない[19]」と教会に入り込んだ商売を揶揄し、宗教関連書籍を「最も信心深い魂からも信仰を奪うほど愚かな内容[20]」と批判する。ただしこの作家が批判しているのは、人々の信仰心を利益に結びつけようとする商業主義であり、「人生の一段上にある崇高なものを求めて、その力の庇護のもとに身を置く必要性を感じて[21]」宗教用具を求める人々の信仰心には、最大限の敬意を払っていたと考えられる。

三　制度としての宗教、結婚と恋愛の関係

『感情教育』に描かれる世俗化した宗教の一側面として、結婚制度にも注目しておかなければならないだろう。十九世紀フランスにおいて、聖性は、国家を支える最も重要な社会単位としての家庭と、家庭を支える守護天使の役割を担うブルジョワ女性に与えられていたからだ[22]。フレデリックの恋愛感情も、人妻であり母であるアルヌー夫人の貞節に向けられている。

大革命後のフランスでは、自由や平等を謳いながら、国王という求心点を失った社会の秩序を保つために、結婚制度を軸に男女の役割分担が徹底されていた。聖なる母の役割を決定付けたのは、一八〇四年のナポレオン法典第二一三条「夫は妻を保護し、妻は夫に服従すべし[23]」という一文である。この法典に影響を与えたジャン＝ジャック・ルソーの教育論『エミール』（一七六二）でも、「二つの性は一方は能動的で強く、他方は受動的で弱くなければならない[24]」とされ、女性は母あるいは妻として男性に従うことが必要であると説かれている。そして長らくこの聖なる絆を司ってきたカトリック教会が、結婚制度の管理者となる。アルヌー夫人の貞節は、宗教的に、また政治的に、社会の〈聖域〉と見なされたこの制度の中でとらえられる。

欲望する人間の身体と結婚制度とは、深い関わりを持ってきた。ミシェル・フーコーは『性の歴史』[25]において、結婚はキリスト教以前の異教の時代から、出産による過剰な欲望の規制と夫婦間の緊密な結びつきをもって安定した社会の基盤をなしており、禁欲を旨とするキリスト教社会もそれを受け継いだと説明する。

フーコーによれば、失楽園以降の男女間の牽引力は神の意志とされ、結婚に聖性が与えられることで、罪に繋がる欲望や性関係が肯定的な価値を得ていく。禁欲の修道生活が人間の最も高貴な生き方とされるが、結婚も貞節や禁欲を核とする聖なる関係となる。結婚は魂としてのキリスト（男）とそれを支える身体としての教会（女）との結びつきを原モデルとし、神と人間との関係の内にとらえられる。魂（精神）により欲望を統御するもの、あるいは欲望の霊的形式としての結婚が、秘蹟として永遠の絆とされ、結婚による夫・妻・親といった社会的役割の自覚が、悪しき欲情を軽減させるというのである。[26]そうした道徳的意義のもとで、情熱や情欲がキリスト教会の支配下に置かれることになる。

一方で人間の愛欲を肯定する「恋愛」は、欲望の制御を謳う「結婚」という社会的義務に対する自由としてとらえられてきた。フランスでは「愛の喜びに対する忌まわしい結婚」のテーマが多くの文学作品に見られるのだが、[27]長らく結婚制度と恋愛とは別物とされ、恋愛は遊戯のように扱われ、結婚制度自体が揺らぐことはなかった。ところがキリスト教会の支配が弱まる十九世紀になると、結婚と恋愛ひいては欲望との関係は変質していく。世紀前半のロマン主義においては、結婚と恋愛とが結びついて「恋愛結婚」という概念が生まれ、「好意による結婚」という表現が一八三五年版の『アカデミー辞典』にも載る。しかし男女の役割に関する規範が厳格化されていた時代における、現実離れしたロマンチックな結婚のイメージは、人々の欲望を現実と幻想との間に宙吊りにすることになる。ボヴァリー夫人の欲望と幻滅はその好例といえるが、フレデリックの情熱もそこに位置付けられるだろう。

四　信仰なき平等の時代

世俗化された宗教が人々の生活を覆っていた十九世紀フランスは、真の信仰が失われた世界と見なされる。フロベールは後年の一八七一年に、ジョルジュ・サンドに向けて「異教、キリスト教、俗物教、これが人類の三つの大きな変遷です。三つ目の始まりにいると思うと悲しくなります[28]」と書き送っている。「変遷」（évolution）という言葉には歴史の進化の概念が含まれるが、フロベールは決して多神教（異教）よりも一神教（キリスト教）を優れた宗教として見ていたわけではない。むしろその逆で、古代には人々が素朴な心で神性を畏れ求める真の宗教性があり、現代に進むにつれて、人々は堕落の道をたどってきたと考えていた。

フロベールの幼少期には、すでにアンシャン・レジーム（旧体制）末期に準備されていたフランスの非キリスト教化が、特に知識層で進んでいた。すでに見たように、キリスト教会は国家の秩序維持のために政治体制に組み込まれ、人々の信仰が形骸化していく傾向が顕著だった。それは『紋切型辞典』の「宗教」の項目にある「これも〈社会〉の基盤のひとつ」という定義にも明らかだろう。[29]信仰は個人のものというよりも、もはや集団に属するものとなっていた。

トクヴィルはブルジョワ社会について、「平等の時代において、人間たちは互いに類似しているがゆえに何の信仰も持たない」としたうえで、「この類似性自体が、公的な判断という点からほとんど無限の信頼を人々に与えている」[30]と、民主主義における集団としての人間を語る。フロベールが十九世紀フランスを徹底して批判するのは、そこに「集団《マス》の暴政」が見出されたからだった。文明は愚かさと悪ふざけの積み重ねであり、歴史は平等という理想の自惚れを極限まで推し進めていたのである。[31]平等について、フロベールは次のように述べている。

共和制になろうと君主制になろうと、ぼくたちはすぐにはここから出られないでしょう。ド・メーストルからアンファンタン神父までの長期にわたる仕事の結果がこれです。(…)平等とは、あらゆる自由、あらゆる優越性、〈自然〉そのものを否定すること以外のなにものでもないでしょう。平等とは、隷属なのです。[32]

この書簡が書かれたのは一八五二年五月で、前年末にルイ＝ナポレオンのクーデターが起こり、第二共和制から第二帝政へと移ろうとする時期である。ここまで革命が推し進めてきた平等は、集団による画一的な価値観を至上のものとみなし、個々人が神的なものとの繋がりのうちに見出す信仰を否定し、日々の生活を超えたところに求められる崇高なものを見えなくし、人間の自然な本能すなわち宗教感情を殺してしまう。

本来は個人の内的領域に属すはずの宗教が集団の慣習行事になり、信仰心すらも共通の価値観に従わされている隷属の時代に見られるのは、教義による神の説明とマニュアル化された祈りである。

なぜ理解し得ないものを説明するのでしょうか。悪を原罪によって説明することは、何も説明していないのと同等です。原因の探求は反哲学的で反科学的です。その点で宗教は哲学よりも不快です。宗教が原因（＝神）を知っていると断言するとはね。[33]

フロベールにとって、教義は集団《マス》に対する神の取扱説明書のようなものであっただろう。そこにはもはや苦しみも恍惚も、畏れも崇拝の念も存在し得ない。しかし集団によって失われた崇高は、孤独の中で神的なものを求める人々の内に見出される。フロベールは、真の宗教性を理解している人々として、「偉大な芸術家たち」の名を挙げている。

それぞれの宗教、それぞれの哲学は、自分に属する神を持ち、無限を測定し、幸福の秘訣を知っていると主張してきました。なんという傲慢さ、なんという無意味さ！　ぼくは逆に、最も偉大な天才たちと偉大な作品は決して結論を下したりなどしないことがわかっています。ホメロス、シェイクスピア、ゲーテ、全ての神の長兄（ミシュレ的に言えば）は何かを示唆することで留めるのです。ぼくたちは天に昇りたい、それではまず自分の精神と心を拡大させましょう！（強調はフロベールによる）[34]

「最も偉大な天才たちと作品」は、言葉で神を説明し理解することの不可能性を知っている。芸術家とは何より、崇高を示しそれを「感じさせる」人々である。それゆえに芸術は神なき時代における一筋の希望となる。

五　芸術と崇高

自分が生きる時代についての批判は、フロベールだけではなく、同時代の少なからぬ文学者たちによってもなされていた。フロベールと親交のあったルナンも、ブルジョワを「悲しい不道徳に結びついた階層」[35]と見なし、反ー美学的（anti-esthétique）かつ非ー宗教的（irréligieux）な集団としてとらえている。ルナンの「反ー美学的」という言葉が示すように、時代批判はしばしば芸術を称揚する文脈に置かれる。フロベールも、隷属をもたらす平等の時代に、「芸術」を対置する。芸術においては「全てが叶えられる、何でもできる、国王にも国民にも、行動的にも受動的にもなれる、生贄にも司祭にもなれる。限界というものがないために、人間の魂は解き放たれて〈真実〉の境界に行き着くまで飛翔できる」[36]からである。

またルナンがブルジョワを「非ー宗教的」と呼ぶように、時代の卑俗性は宗教性の欠如へと繋げられる。十九世紀フランスにおいては、キリスト教が誕生した地であるオリエントへの興味が高まり、キリスト教以外の諸宗教の研究が発達して「宗教学」が生まれ、ロマン主義文学の興隆も相まって人々が日常的に「神」や「崇高」という言葉を使うようになっていた。しかし「神」や「崇高」と人々が語る時、それをどのような文脈でどのような意味で用いるのかは、フロベールにとって重大な問題だった。「崇高」という言葉が使われる対象は、真に崇高なものでなければならない、あるいはあえて「崇高」という言葉の意味を認識したうえで批判的に用いられるものでなければならなかった。フロベールが考える宗教性のひとつは真実への志向である。芸術家とは、「〈美〉を仲介者として〈真実〉を知り、自分のものにする大いなる欲求」[37]を、持つ者でなければならない。

真、美、善は連動する。ヴィクトール・クザンは、これを「三形式」(triple forme)と呼び、人はこの三つの「絶対的な形式」を通してのみ神を見ると説明する。[38]シェイクスピアやゲーテのような「偉大なる作品」の中に自分の理解者を見出す時、フロベールはこの世に美と善があることに安堵する。真実が描かれていないただのフィクションは、芸術とは見なされない。十九世紀半ばにフランスでも大きな評判となった、ストウ夫人の『アンクル・トムの小屋』[39](一八五二)について、フロベールは次のように批判する。

> 『アンクル・トム』は偏狭な本だと思われます。この本は道徳的・宗教的観点から書かれています。‥人間の観点から書かれなければいけなかったのです。苦痛を与えられる奴隷に同情するために、その奴隷が立派な人間で、良い父親や良い夫であり、賛美歌を歌って福音書を読み、自分を鞭打つ人間を許すなどということは必要ではありません。それは崇高であっても例外で、要するに特殊な事例で偽りなのです。(…)この本は時流に乗っているのです。ただの真実、永遠性、純粋な「美」が、これほどまでに大衆を熱狂させるはずがありません。(強調はフロベールによる)[40]

フロベールは、普遍的な人間の姿を描いていないという点で、この小説の芸術的価値を認めない。同時にこの作品を流行させている「大衆」(les masses)への侮蔑を露わにしている。集団《マス》は皆で共有できる画一的な価値観に熱を上げ、「人間」の価値を見ようとしない。それに対して芸術とは、誰もが自分に見出すような人間の真実の姿を、美という形式を通して表現したものである。善や崇高の問題は、その中におのずと提起されなければならない。

十九世紀フランスは、通俗的な道徳に染まった特色のない人々が溢れ、強い個性を持つ素朴な人間が幻想となってしまった世界だった。しかしこの「偏った物質主義の時代」が、「人間の最も豊かで最も偉大な側面を全否定してしまう」[41]と嘆かれる時、そこにはかえって人間という存在への信頼と深い興味が見える。フロベールは自分が生きる時代にも自分にも、人間の「悲しいグロテスク」[42]を見、「滑稽さ（le comique）は極限まで来ている、しかしその滑稽さは嘲笑の対象なのではない。私が作家として最も描きたいのは、悪ふざけの中の叙情性（le lyrisme dans la blague）なのだ」[43]と述べ、愚劣な時代にこそ見える人間の真実を描き出そうとしたのである。

「十九世紀フランスは俗物教の時代」と語るフロベールは、真の宗教性を持たない「宗教」という言葉に苛立ちを隠さない。キリスト教会を嫌悪する理由も、思想を伴わない紋切型の教義を神の言葉として語る欺瞞や、言葉にできないものを教義で説明できると確信している愚かさにあった。『感情教育』に描かれる人々もまた、人生に関わる重要な問題に思索を巡らすことを知らず、盲目的に通俗的な言葉に支配されている。男と女が自分たちの間だけで交わされていると思い込む文学「的」な言い回しも、既に使い古された平凡な言葉の組み合わせにすぎない。それでもそこには、何らかの非日常的な領域が生じている。凡庸な言葉の往復の中で特別な領域が作り出されていく、その過程に生じる「何か」をもたらすのが恋愛感情であり、それが愛と情熱という『感情教育』のテーマに繋がっていくと考えられる。

（1）Albert Thibaudet, *op.cit.*, p.149.
（2）本書「序」冒頭の一八四六年十月六日付ルロワイエ・ド・シャントピー宛書簡参照。
（3）一八六六年八月二十日付アルフレッド・モーリー宛書簡（*Correspondance* tome 3, p.518）。モーリー（一八一七〜九二）はフロベールと同世代の歴史・宗教・神話等の学者。
（4）アンリ・ミットラン『ゾラと自然主義』佐藤正年訳、白水社（文庫クセジュ）、一九九九年、四一五頁参照。ただし歴史小説の流行の火付け役となったのはイギリスのウォルター・スコット（一七七一〜一八三二）で、特にフランスロマン主義者に影響を与えた。フレデリックも「いつかフランスのウォルター・スコットになるという野心」を抱いている（第一部二章、五九）。
（5）アラン・コルバン『時間・欲望・恐怖――歴史学と感覚の人類学』小倉孝誠・野村正人・小倉和子訳、藤原書店、一九九三年、三四九〜三五一頁参照。
（6）Voir Dominique Simonnet et les autres, *op.cit.*, p.10.
（7）十九世紀フランス社会を描き出すことを謳った代表的な作品としては、世紀前半ではバルザックの『人間喜劇』（一八二九〜一八五〇）、世紀後半では自然主義の時代を牽引したゾラの『ルーゴン＝マッカール叢書』（一八七〇〜一八九三）が挙げられるだろう。
（8）エミール・ゾラ「作家ギュスターヴ・フロベール」、『文学論集 1865-1896』（『ゾラ・セレクション』第八巻）佐藤正年訳、藤原書店、二〇〇七年、二九〇頁。ゾラは一八四〇年生まれでフロベールより二十歳年下だが、文学を通して親交があり、六九年から多くの書簡も交わし、師の葬儀にも列席している。
（9）「ぼくはレアリストや、自然主義や印象主義と自称する輩たちからかけ離れています。笑劇の寄せ集めです。言葉ではなく作品によって伝えなければなりません。」（一八七八年六月三日付カミーユ・ルモニエ宛書簡、*Correspondance*, tome 5,

p.391.)

(10) 涜神的な言動について、アラン・カバントゥは「それが備えている社会的、政治的側面をも考慮に入れねばならない」とし、その理由を「涜神的言説を論じることは、その周囲に結実するさまざまな人々の姿勢や態度をも検証することに繋がるから」と説明する（アラン・カバントゥ『冒瀆の歴史――言葉のタブーに見る近代ヨーロッパ』平野隆文訳、白水社、二〇〇一年、一〇～一一頁）。『感情教育』における宗教的言説は、主に政治や社会問題に関わる場面に多く登場する。

(11) **Carnet 19, F° 38, *Carnets de travail*, p.296.** 括弧付きで補足されている「一八三〇年」は、七月革命が勃発した年である。つまり「諸局面」とは、七月王政から二月革命、第二帝政へと向かう複数の政治的局面と、それらにまつわる「センチメンタリズム」の諸様相を示すと考えられる。

(12) 宇野重規・伊達聖伸・高山裕二（編著）『共和国か宗教か、それとも――十九世紀フランスの光と闇』白水社、二〇一五年、一五六頁。

(13) ファルー法（一八五〇）を示唆していると考えられる。中等教育の自由化、初等教育における宗教教育の尊重、初等教員資格への聖職者資格の読み替え容認などが盛り込まれる。

(14) ジョルジュ・サンド宛一八六八年七月五日付書簡（*Correspondance*, tome 3, p.770）。

(15) ドニ・アッフル（Denis Affre）は二月革命当時のパリの大司教。

(16) アルヌーが初めてフレデリックの目に入った時、この人物は「乗客や水夫の集団の中で、田舎女の胸にかけられた金の十字架をいじりながら何かからかっている、四十くらいの縮れた髪の元気そうな男」（傍点筆者、第一部一章、四四）と描かれた。この時は陽気に反射していただろう十字架の金色は、この店では黄昏の憂愁を映し出す。二つの金の十字架はありふれた装飾物であることを示すが、宗教的光輝のパロディとも考えられる。

(17) フロベールにとって「悲しいグロテスク」（le grotesque triste）は、誰の中にも自分の中にもある滑稽さであり、哄笑ではなく夢想を誘う「人生の本質」だった。フロベールは「悲しいグロテスク」を持つ自分を「象牙、金、鉄片、色を塗ったボール紙、ダイヤモンド、ブリキ」で覆われた「唐草模様の寄木細工のような人間」と説明する（一八五三年三月二十七日付ルイーズ・コレ宛書簡、*Correspondance*, tome 2, p.283 参照）。この言葉が示すのは、異質なものの寄せ集めとしての人間であり、一言で言い表すことが不可能な、滑稽でしかない人間の悲哀である。

（18）一八五〇年八月二十日付ルイ・ブイエ宛書簡（*Correspondance*, tome 1, p.664）参照。

（19）一八五三年九月二十六日付ルイーズ・コレ宛書簡（*Correspondance*, tome 2, p.441）。

（20）一九七九年六月十三日付デ・ジュネット夫人宛書簡（*Correspondance*, tome 5, p.657）。

（21）一八五三年三月三十一日付ルイーズ・コレ宛書簡（*Correspondance*, tome 2, p.292）。

（22）今村武・橋本由紀子・小野寺玲子・内堀奈保子『不道徳な女性の出現――独仏英米の比較文化』、南窓社、二〇一一年、一〇四頁参照。

（23）『フランス民法典』は三篇二二八一条から成る。一九三八年の法改正で妻の人格の独立性が認められ、旧二一三条は廃止される。しかしまだ夫婦平等に関する制度は不完全で、一九四二年にようやく妻は夫と対等な立場を得る。財産制度における夫婦間の平等については、さらに一九六五年の改正を待つことになる。

（24）ルソー『エミール（下）』今野一雄訳、岩波文庫、一九六四年、七頁。第五篇、エミールの理想の妻として育てられる「ソフィー：女性について」の一節。

（25）本書で参照するのは『性の歴史』の第四巻『肉の告白』である。第四巻は未発表のまま遺されていたのだが、フーコーの死後三十四年を迎えた二〇一八年二月九日にガリマール社から出版された。フーコーはアウグスティヌスの『結婚の善』を多く引用しながら結婚と欲望との関係を辿る。

（26）Voir Michel Foucault, *Histoire de la sexualité, tome 4, Les aveux de la chair*, Gallimard, 2018.

（27）中世以降の文学作品では、十三世紀の『薔薇物語』や十五世紀の『結婚十五の喜び』が好例として挙げられるだろう。

（28）一八七一年三月十一日付ジョルジュ・サンド宛書簡（*Correspondance*, tome 4, pp.287-288）。

（29）Flaubert, *Le Dictionnaire des idée reçues et Le Catalogue des idées chic*, Les Classiques de Poche, Librairie Générale Française, 1997, p.117. この辞典は、十九世紀フランスのブルジョワたちが「これを一度読んだら、そこに書いてあることを自然に口に出してしまうのが心配で一言も喋れなくなる」（一八五二年十二月十六日付ルイーズ・コレ宛書簡、*Correspondance*, tome 1, pp.208-209）ことをめざして書かれた、当時の紋切型の言説をまとめた風刺的作品である。構想は早くからあったが、晩年に書かれた『ブヴァールとペキュシェ』第二部に組み込む予定で取り組まれた。作者の死によって、発表は一九一三年のルイ・コナール版を待つことになる。

(30) Alexis de Tocqueville, *De la démocratie en Amérique, tome 2*, GF Flammarion, 1989, p.17.

(31) Voir Franck Errard, Bernard Valette, *thèmes & études Gustave Flaubert*, Ellipses Edition Marketing, 1999, p.59.

(32) 一八五二年五月十五日～十六日付ルイーズ・コレ宛書簡（*Correspondance*, tome 2, p.91）。

(33) 一八六四年夏付ロジェ・デ・ジュネット夫人宛書簡（*Correspondance*, tome 3, p.401）。

(34) 一八六三年十月二十三日付ルロワイエ・ド・シャントピー嬢宛書簡（*Correspondance*, tome 3, p.353）。

(35) Ernest Renan, *Histoire des Origines du Christianisme, tome 1 et 2*, édition établie et présentée par Landyce Rétat, Robert Laffont, Paris, 1995, p.CCXXIV.

(36) 一八五二年五月十五日～十六日付ルイーズ・コレ宛書簡（*Correspondance*, tome 2, p.91）。

(37) 一八五七年三月三十日付ルロワイエ・ド・シャントピー嬢宛書簡（*Correspondance*, tome 3, p.698）。

(38) Voir Victor Cousin, *Œuvres de Jeunesse I, Cours de Philosophie, professé à la Faculté des Lettres pendant l'Année 1818, Sur le fondement des idées absolues du Vrai, du Beau, du Bien*, 19e leçon et 21e leçon, Slatkine Reprints, Genève, 2000, p.182, p.206.

(39) この作品の翻訳はフランスでも、出版から二年間で九種類出ている。フロベールは出版年の十一月二十二日の書簡にこの小説を英語で読む予定を記している。

(40) 一八五二年十二月九日付ルイーズ・コレ宛書簡（*Correspondance*, tome 2, p.203）。

(41) 一八七八年一月十二日付エドマ・ロジェ・デ・ジュネット夫人宛書簡には「フランスの実証主義は馬鹿げた物質主義に転じている。（…）奴らは人間の一側面を全否定してしまう、最も豊かで最も偉大な側面を。」という記述がある（*Correspondance*, tome 5, p.347）。

(42) 本章五二頁（注17）参照。「悲しいグロテスク」は、ジャック・カロの版画《聖アントワーヌの誘惑》を入手して壁に掛けた日の書簡にも見出される：「悲しいグロテスクはぼくにとって途方もない魅力を持っています。滑稽なほど辛辣なぼくの性質の内的必要性に呼応しているのです。それはぼくを笑わせるのではなく、長いこと夢想させます。ぼくはそれがあるところ、自分の中にもあるし、皆の中にあるそれを、至るところでとらえます。」（一八四六年八月二十一日付ルイーズ・コレ宛書簡、*Correspondance*, tome 1, p.307.）この考察を導いたカロの版画は、クロワッセに遺されたフロベールの書斎に飾られている。

（43）一八五二年五月八日付ルイーズ・コレ宛書簡（*Correspondance*, tome 2, p.85）。

第三章　世界の変容——夢想と現実の交錯

十九世紀フランスに生きる凡庸で気の弱い青年の、「無気力な情熱」の内実とはいかなるものだったのか。通俗的な言葉に支配された人々が交錯させる関係の中に、いかなる「崇高」があるというのだろうか。物語の崇高性はまず、主人公に見つめられる女性、アルヌー夫人その人に、そして青年のアルヌー夫人への恋慕の中に見出される。

『感情教育』において、恋愛感情はロマン主義文学のように主人公の直接的な感情の吐露によって語られるのではなく、彼らを取り巻く世界によって語られる。愛する女性の登場によって、フレデリックの世界は変容する。彼女の周囲には光が反射し、その人にまつわる物は新たな意味を得ていく。

フロベール作品において、物語空間を作り出すのは視点人物の感情や感覚である。視点人物の役割については次章で詳述するが、恋愛感情を孕んだ視線は、見られる対象にその情熱を映し出す。人物たちが息づく一つひとつの空間が、一つの作品を造形し、一人の人間の生を提示していく。

フロベールは一八七六年、『三つの物語』の執筆時期に、ジョルジュ・サンドに宛てた書簡の中で次のように書いている。

ある書物が、それが語ることから独立して、アクロポリスの壁と同じ効果を生み出せないでしょうか。組み立ての精密性、諸要素の稀少性、表面のつや、全体の調和の中に、そこに内在する固有の効力が、ある種の崇高な力が、ある原理のような、永続的な何かがないでしょうか。(1)

フロベールは一冊の書物の理想形を、アクロポリスの神殿の壁にたとえている。物語は言葉で語られるものだが、構築された物語世界は言葉それ自体から解放されて、読み手の想像世界の内に感得されるものでなければならない。それを実現するのは、極限まで推敲された一語一句とその組み合わせ、つまり文体だった。作家が構築した文体から、作品それ自体が孕む崇高な力が発され、私たちに幻想をもたらす。プルーストはフロベール作品の文体論で、「フロベール以前には動作によって語られていたものが、フロベールにおいては印象によって語られている」(2)と指摘する。『感情教育』においても、フレデリックの恋愛感情の揺れ動きは、作者の説明や独白ではなく、アルヌー夫人との出会いを契機に変貌していく世界の印象によって伝えられる。

その瞬間は第一部一章、物語の幕開けに置かれている。アルヌー夫人の出現の場面とそれに続く世界の膨らみは、未来に漠然とした期待を寄せつつ停滞していたフレデリックの生に光を差し込み、それを動かすものだった。

フレデリックのまなざしのもとに現れるアルヌー夫人の姿は、フランス文学史上最も美しいとされる出会いの場面を作り出す。

一　「幻影」の「出現」――宗教体験のはじまり

それはひとつの幻のようだった。(Ce fut comme une apparition.)

彼女はベンチの中央に一人で座っていた。少なくとも、青年の目を打った眩しさに、他の人間の姿は見分けられなかった。(…)

その女性は幅の広い麦わら帽子をかぶり、バラ色のリボンが風を受けて後ろにはためいていた。編んだ黒い髪が長い眉の端を縁取り、かなり低いところに垂れて、うりざね顔を愛しげにおさえているように見えた。明るい水玉模様のモスリンのドレスがいくつもの襞になって広がっている。彼女は何かを刺繍をしていた。筋の通った鼻やあご、その全身が空色の背景の中に浮かび上がっている。

(…)

かつてこれほどの小麦色の肌の素晴らしさ、胴まわりの魅力、光を通すような指のしなやかさを見たことがなかった。青年は女性の裁縫籠を不思議なもののように、呆然と見つめていた。彼女の名前は、住まいは、生活は、過去はどのようなものだろう。部屋の家具、今まで身につけたあらゆる衣装、付き合いのある人々を知りたかった。そして、肉体的な欲望さえ、より深い望み、果てしない、苦しいほどの好奇心の中に消えてしまっていた。(第一部一章、四六〜四七)

最初の一行に記された「幻」(une apparition)は、「出現」[3]の意味も持つ。アルヌー夫人は大抵いつも、フレデリックの前に突然姿を現す。[4]《l'apparition》はそれを目にする者に胸を突く「驚き」をもたらす。驚愕は畏怖の感情のひとつである。エドマンド・バークによれば、驚愕とは、何らかの対象からもたらされる恐れの最高度の効果であり、戦慄を伴いながら魂の全ての動きが停止する状態である。そして驚愕の弱い効果が、感嘆や敬意となる。[5]それゆえに驚きは、「崇高なるものの一切の共通の源泉」[6]に結びつけられる。崇高な畏怖をもたらす「出現」という語は当時、聖母マリアの出現を示す表現だった。[7]聖母の出現は、ルルドの奇跡[8]をはじめ十九世紀フランスで注目されたマリア信仰の表れである。その背景のひとつには、前章で見たように、フランス革命後の新たな社会制度で重視された、家庭の守護者としての母性とその神聖化がある。聖母のイメージは、この最初の場面から最後までアルヌー夫人に付いてまわる。

アルヌー夫人は常に光に包まれ、光の背景から浮き出す。夫人のファーストネームが「マリー」であることも、聖母マリアとのイメージ上の繋がりを強調する。また誕生日祝いの折に、この女性が「アンジェール」(Angèle)という名も持つことが示されるが(Marie-Angèle)、この名前にも「天使」[9](ange《アンジュ》)の響きがある。夫人を包む光は「宗教的光輝の代用」[10]と見なされる。「宗教的光輝」とは、イエス・キリストや聖母マリア、聖人たちの光輪のような聖性のしるしであり、「代用」という表現は、その光が普遍的なものというよりフレデリック個人の印象によって生じていることを示すだろう。それでもこの女性と共にある光は、青年の恋愛感情を孕んだ視線が、その超自然的な姿に見出すものである。

この「出現」の場面では、眩しさや空色の背景として光が描かれ、光が通ったことを示す小麦色の肌や指先に透き通る光は、この女性に反射する輝きを強調する。特にこの背景の青色は、実写的には晴れた空やセーヌ川の水面の色合いととらえられるだろう。しかしここには具体的な背景というよりも、抽象的なイメージが生じている。青はまず聖母を象徴する色であり、理想世界を示す色であり、何よりフロベールがしばしば皮肉をもって語る「ロマン主義的な色彩」でもある。遠方を感じさせる青色は、夢想を導く色であり、この作家はロマンチックな夢想世界を「青い湖」[11]と呼んでいた。この宗教的で詩的な背景に浮かび上がることで、夫人は「他の人間の姿が消去された」、たった一人の崇高な女性としてフレデリックの目に入る。さらに一行目で、幻「のよう」(comme) とされることで、この出現がフレデリックに、夢想とも現実ともつかない感覚をもたらしていることがわかる。ブロンベールはアルヌー夫人を、「ひとりの人間を超える存在」、「ひとつのイメージ、あるいはむしろひとつのヴィジョン（幻影）」[12]と説明する。まさに、現実を超えたものの「出現」である。裁縫籠までが「不思議なもの」に見える感覚や、「肉体的な欲望」より「深い」、「果てしない」、「苦しい」という感情は、恋慕する相手を現実を超えた世界に置き、崇拝の対象に据える、ひとつの宗教体験のはじまりを示しているといえるだろう。

二　完全な女性、理想への恋慕

フレデリックは引き続き、「この女性はアンダルシアの血筋でおそらく植民地生まれ」で、「黒人女中もその国から連れてきたのでは」（同章、四八）、と想像し、異世界のイメージによってアルヌー夫人を現実世界から分離させている。後に夫人はパリ近郊のシャルトルの出身だったことが明らかになり、フレデリックのイメージが完全に空想の産物であったことが判明する。雨の多いノルマンディーに暮らしたフロベールはしばしば、鮮やかな色彩に満ちた南国や異国のイメージを理想世界として見ていた。たとえば『純な心』においては、異国からフェリシテの単調な生活に飛び込んできた極彩色の鸚鵡が崇拝の対象となり、やがて聖霊と同一視されて祭壇に掲げられる。ボヴァリー夫人も愛人との駆け落ち先に、太陽の国イタリアの漁師町を夢想する。アルヌー夫人の神秘的な姿もまた、アンダルシアというスペイン南部の、陽の光に満ちた闘牛とフラメンコの街のイメージによって強調される。[13]

アルヌー夫人の登場がフレデリックにもたらした感覚は、『ボヴァリー夫人』のヒロインが憧れていた愛の体験そのものだった。エマは、「愛というものは、突然、大きな閃光や眩い光を伴ってやって来る、人生の中に落ちてきて一変させる天から吹き下ろす嵐で、心全体を木の葉のように深淵へと運び去るものでなければならない」[14]と信じていた。エマと同じくロマン主義の恋愛作品を愛読するフレデリックの嗜好も、アルヌー夫人への恋慕に反映されているといえるだろう。

アルヌー夫人の人物像は、フロベールが造形した女性の中で、エマ・ボヴァリーを超える傑作と見なされる。チボーデは、エマを「永遠のイヴ」と呼び、アルヌー夫人を「マリー（マリア）の名前の通りに聖なる清純さをもつ女性」[15]と評する。ただしこの女性の姿は、恋する青年のまなざしを通して描かれていることに注意すべきだろう。確かに夫人は周囲の人々に「まさに徳高いひと」（第三部五章、五九九）と称賛されている。しかしフレデリックの友人デローリエは、「悪くはないが、別に特別なところは何もない」（第一部五章、一二二）と評して青年をがっかりさせ、躊躇なく夫人に触れようとする。[16]フレデリックと関係を持つロザネットは、ライバルへの憎しみが高じて、アルヌー夫人を「年増で天草色の肌の、太っていて、地下室の風穴のように大きな空っぽの目」（第三部五章、六〇五）と酷評する。また冒頭の船の場面で、フレデリックは周囲の人々がこの女性に関心を払っていないのを見て不思議に思っている。アルヌー夫人は、客観的には比較的凡庸なブルジョワ女性であり、作中で発する言葉も良識に満ちた当たり障りのないものに留まり、紋切型の範疇を出ない。フレデリックが夫人に見出す聖性も、そもそもは母性や貞淑さといったありきたりなイメージから発していた。それでもそのイメージが無限に拡大されることで、アルヌー夫人は絶対的な女性として祀られていく。

彼女はロマンチックな書物に出てくる女性たちに似ていた。フレデリックはその姿に何か加えることも、何か削ることも嫌だった。宇宙が突然広がったようだった。この女性は全てのものが集中する輝かしい点だった。馬車の揺れに快く身を任せ、半ば閉じた瞼から遠くの雲を見つつ、彼は夢幻的で果てしない喜びに浸っていた。（第一部一章、五三）

アルヌー夫人は、フレデリックが読書の中でフィクションとして見ていたものが現実の形をとった、「欠けるものも過剰なものもない」完全な理想の女性となる。[17] フレデリックが身を委ねる「夢幻的」(rêveux) で「無限の」(infini) 喜びは、宗教的な喜悦といえる。「夢を見るような」感覚は、常に崇高に向かう状況に訪れ、「無限」はバークが指摘するように、「崇高の最も真正な効果かつその最も紛れもない証拠」であり、「喜悦に溢れる戦慄」で心を満たす感覚を示す。[18] こうして「輝かしい点」とされる夫人を中心に世界が果てしなく広がっていくイメージ[19]は、作中で何度も繰り返される。この内的独白は、後に夫人その人に対して直接、「自分の詩的な天上世界の中にある女性の顔が輝いていて、最初にあなたに会った時にその顔を見出しました」（第二部六章、四〇五）と伝えられることになる。フレデリックはやがて、フィクションの中にいる理想の女性のみならず、現実世界のあらゆる女性、「娼婦も歌手も馬に乗った婦人も通りを歩く女性たちも」（第一部五章、一三四）、絵画の中の女性も歴史上の女性をも、アルヌー夫人に収斂させるようになる。

三　夢想世界への横断

フレデリックが小説の中の女性をアルヌー夫人と重ねる場面で、夫人を中心に世界が広がっていくイメージは、馬車の揺れと共にフレデリックを甘美な喜びで満たしていた。この馬車も、アルヌー夫人と出会う船も、現実世界と夢想世界とを繋ぐ手段であり、「間」の世界を横切る乗り物である。『聖ジュリヤン伝』で、らい病の男（キリスト）を乗せてジュリヤンを超越的な時空へと運ぶ船は、非常に重い櫂と果てしなく続く試練の時間に強調される、現実と超現実の狭間としての嵐の川を進んでいた。馬車も、しばしば現実世界から夢想世界へと人物を運ぶ役割を果たす。『ボヴァリー夫人』では、ロドルフとの駆け落ちの夢想に登場する馬車、ロドルフを彼方へと運び去る馬車、そして狂ったようにルーアンの街中を走る、エマとレオンの情事の場としての馬車が思い起こされる。船にも馬車にも共通して見出されるのは、夢と現《うつつ》との狭間の不安定さを象徴するような、「快い揺れ」である。いずれも身体が地面から離れて浮いた状態で、乗客たちはどこかへ向かいつついまだどこにも至っていない世界に身を置いている。ただし『ボヴァリー夫人』では夢と現実の区別は比較的明確であるのに対して、『感情教育』に見られるのは、幻想がぐるぐる回り、その残像が列をなす万華鏡のような世界で、そこでは夢遊病者的な非現実感をもたらす継続的な夢の印象が生起する。[20]

現実と夢想との交錯について、フレデリックが船から眺める岸辺の風景は象徴的である。

もう少し先では、四角い小塔を付けた尖った屋根の城が目に入った。建物の正面に花壇が広がり、並木道が暗い天蓋にもぐるように、背が高い菩提樹の木々の下に入り込んでいる。フレデリックはこの並木道にそって通っていく夫人を思い描いた。その時、オレンジの植木箱に挟まれた石段の上に、若い男女が姿を見せた。それから全てが姿を消した。（第一部一章、五二）

船上から見える、刹那的に移り変わる風景の中に、フレデリックはアルヌー夫人の姿を想像する。日常生活と対立する小説的な建造物、明るい外と木の陰の暗がりとの対比、木々の隙間に見え隠れするであろう夫人の姿、そこに突然、まるで自分たちの投影であるかのような現実の男女の姿が、次々と現れる。その移り変わりは、「目に入った」（on découvrit）、「思い描いた」（se figura）、「姿を見せた」（se montrèrent）と、単純過去[21]のリズムで区切られ、一瞬後に、こうした光景全てが消去される（tout disparut）。この風景描写には、目の前に見えている現実と幻想とが相互に入りこんでいる。現実でありながら現実ではなく、夢想でありながら夢想ではない風景である。最後に全てが「姿を消す」ことによって、この狭間の世界はひとつの「印象」として宙に浮くことになる。

船上からの風景は、アルヌー夫人の出現の前後で大きく変化している。アルヌー夫人に出会った後、目の前を通り過ぎていく野原、牧場、葡萄畑、白い岩や細い道というのどかな風景には、自分と夫人とが肩を並べて歩く情景が重ねられた。しかし夫人が姿を見せる前の風景は趣を異にしていた。

太陽が垂直に射していて、マストのまわりの鉄の鐘楼や手すりの板金や水面に反射した。水は舳先で二つの水脈に切れて、牧場の岸まで広がっていく。川を曲がるたびに同じような青白いポプラ並木が見える。郊外は全くの空虚な景色だ。空に白い小さな雲が所々に固まっている——漠然と辺りに広がる物憂さが船の進行を弱め、船客たちの姿を取るに足りないものにしているようだった。（第一部一章、四五）

まず強い太陽の光とその乱反射が、おそらくは視界を不自由なものにし、そこにたたみかけるように並べられる、「同じような」、「空虚な」、「固まる」、「物憂さ」、「衰弱させる」、「取るに足りない」といったネガティブな表現が、風景にモノトーンの倦怠感を与えている。こうした風景描写は、フロベールが輪郭の定かではない北フランスの灰色の景色に、自分の厭世感を重ねていた作家であることを思い起こさせる。(22)またこの単調な景色には、パリで勉強を始める前に二ヵ月ほど母の住む退屈な田舎町で過ごさねばならない青年の、鬱々とした心持ちが反映されてようにも見える。いずれにせよ、この白く固定された景色が、そこに姿を現す夫人がまとう光をより眩いものにし、背景の青空を強調し、その後の穏やかな風景にリズムを与える。

四　現実世界への浸潤

「出現」によって色彩が与えられた世界の中心には、「全てのものが集中する輝かしい点」であるアルヌー夫人が、この後もずっと据えられる。フレデリックが夫人への恋慕を募らせるほど、世界はアルヌー夫人と同化し、その存在が青年の周りにあふれ出していく。

通りに並ぶ店のあらゆる商品は夫人が身につけているところを想像させ、花は夫人に選ばれるために、スリッパは彼女の足を待っているように思われる。そしてアルヌー夫人の存在は、パリの街そのものにまで充満していく。

あらゆる道が彼女の家に通じていた。広場に止まっている馬車は早くその家に行くためにそこにいる。パリの街全体が夫人の一身に関連づけられた。そしてこの大都会が持っているあらゆる声が集まり、巨大な交響楽のように、彼女のまわりに音を立てていた。（第一部五章、一三三～一三四）

アルヌー夫人から世界が伸び広がるという最初の抽象的な印象が、ここでは具象化している。目の前にある道、足を踏みしめて歩く全ての道がこの女性から放射線状に広がり、耳に届くどの音も、彼女を囲み、そこから響き合うものとなる。街中のあらゆるものがアルヌー夫人を連想させるというだけではなく、ここではパリという都市全体が夫人に同化し、その存在を拡散している。「聖域」とは、常に世界の中心にある領域であり、(23) アルヌー夫人は聖域そのものなのである。

スタンダールは『恋愛論』（一八二二）おいて、情熱が膨らませる想像力が、愛する対象を理想化し、周囲のものを特別なものにすると述べている。

恋人は愛する人を、自分が出会う風景のあらゆる地平線の内に見る。一目その人を垣間見るために千里を越える、ひとつひとつの木々や岩が普段とは違う様相で彼女を語り、何か新しいことを教えてくれる。(24)

スタンダールの「結晶作用」においては、愛する人の姿は風景の中に現れ、風景がその人を語る。その時、モノはその人を象徴する、あるいは追加補足するという二次的な役割を担う。それに対してフロベール作品においては、愛する対象とモノとが完全に融合する。『サラムボー』で、マトーにとってカルタゴがサラムボーその人になったように、アルヌー夫人の存在はパリ全体に偏在し、浸透する。スタンダールが愛する人とその周囲を「連動」（association）としてとらえたとすれば、フロベールは「融合」（confusion）をもたらし、前者の結晶作用がイデオロギーだとすれば、フロベールのそれは生理学に属すると見なされる。(25)つまりフロベールが作り出したのは、頭の中での結びつきに留まらず、感覚的・肉体的にも相互に浸潤する世界なのである。

この傾向が進むと、周囲の世界の方が実在性を持ち、そこから離れると本人が色褪せるという現象が生じる。パリを離れて長く母のもとに滞在したフレデリックが、叔父の遺産を手に入れて意気揚々とパリに戻った時、親しんだ界隈にアルヌー夫妻はいなかった。喪失感と焦燥感に追われてパリ中を駆け巡った末に、ようやく引っ越し先を突き止めたものの、夫人に再会した青年は自分の気持ちに戸惑う。

フレデリックは自分が喜びに震える瞬間を待ち構えていた。しかし情熱は異なる場所に置かれると弱まってしまう。アルヌー夫人を以前見ていた場所で見られないと、彼女が何かを失ってしまったように、漠然と品位を落としたように、つまり前と同じ人ではないように思えた。自分の心が平静なのに驚いた。（第二部一章、一八八）

アルヌー夫人は、比類なき存在感をもって周囲の世界を従えている。その場所は、夫人がそこにいるからという事実というより、そこにいるはずの夫人の周りにめぐらされる青年の想像の重なりによって、聖なる場所に祀り上げられていた。パリの街と夫人との一体化も、何を見ても夫人を連想するフレデリックの想像世界で行われた。かつてまだアルヌー家への訪問がかなわない時期に、フレデリックはアルヌーの「工芸美術」店の二階に毎晩見える人影のひとつが夫人だと思い込み、「この窓とその人影を見つめるために」（第一部三章、七二）、かなり遠い場所から通っていた。ところが実は夫人はそこに住んでいなかったとわかった時、青年は「限りない驚きと裏切られたような苦痛」を感じ、「どんなに恋心をこめてたび眺めたかを思い出して、自分を哀れむ」（第一部四章、九一）。この失望は、自分の中で夫人と同化していた場所に信奉の気持ちを打ち込むことで、「その人がそこにいる」現実と、「いるはずだ」という夢想との間に作っていた聖域が、崩れてしまったからにほかならない。自分の想像世界に浸透していない場所にいる夫人には、文字通り「場違い」な違和感が生じ、「なんという俗な女（quelle bourgeoise）！」（第二部一章、

一八九）というつぶやきまでをもたらすことになる。(26)

しかし、しばらく後に新しい住まいに二回目の訪問をすると、「前の時と全く同じ姿勢で」子どものシャツを縫う、変わらぬ日常の動作をしているにもかかわらず、アルヌー夫人の印象は一変している。

部屋は落ち着いた様子だった。窓ガラスから美しい陽が射し、家具の縁が輝いている。アルヌー夫人は窓際に座っているので、大きく射す光が襟筋の遅れ毛を照らし、金色の流れにひろがって琥珀の肌に滲んでいた。（…）

白目のつややかな美しい黒い眼が、少し重たいまぶたの下で静かに動いている。瞳の奥には無限の優しさが湛えられていた。フレデリックはかつてなく強く激しい愛情に捕えられた。他のことは忘れ去るほどの無我の境地だった。（第二部二章、二二二）

窓から差し込む光に包まれた部屋や家具は、アルヌー夫人と完全に調和し、静かで穏やかな光景を作り出している。夫人を見つめるフレデリックのまなざしは、見合わせた夫人の目をクローズアップし、忘我の恍惚感を誘い込む。夫人を取り巻く世界には自分の感覚が浸透し、夫人の存在がそこに調和している必要があったのである。

フレデリックは横溢する想像力に浸り、夢想世界に自らを融解させる衝動に身を投じることができる。伯父の遺産を得た後パリに戻り、知らぬ間に引っ越していたアルヌー夫妻の住所をようやく知ると、「暖かい風に吹き上げられたように、夢の中で感じるような不思議な身軽さで」（第二部一章、一八六）、夫人のもとへ駆けつける。この夢の中のような不思議な身体の軽さは、他のフロベール作品の中でも、視点人物が愛する人のもとへと向かう場面に現れる。そこにあるのは「不思議な」(extraordinaire)という語に示されるように、日常世界から切り離された感覚である。たとえば『サラムボー』で、タニット女神の聖衣を手に入れてサラムボーの居室に向かうマトーは、「夢の中のように易々と」[27]階段を上る。ジョルジュ・プーレは、この場面にあるのは過去や現在を結ぶ持続する時間ではなく、深淵をなす独立した時間であると指摘する。[28]彼らはまさに現実世界から遊離して、超越的な世界へと向かう深淵＝境界領域を横断している。あるいは逆に、超越的な世界を現実世界に浸潤させる。彼らをこの神秘的な領域――夢想と現実の狭間の領域へと没入させるのが、否応なく「そこ」に収斂させようとする、光輝く聖なる存在なのである。

五　条件法の恋

夫人を体現する世界は、完全に夢想でないわけでもなく、現実でないわけでもない、曖昧な狭間の世界である。この世界には境界線がなく、「不意に、無意識のうちに」(第一部五章、一三五)、異国へも飛び、過去にも遡る。植物園では遠い国での二人旅が展開し、美術館では「彼の恋が過ぎ去った昔の形象の中にまで燃え上がり」(同)、絵の中の女性が夫人に置き換えられる。目の前の世界は全て青年の恋愛感情を通して、定かな輪郭を失っていく。このようにアルヌー夫人は、実在の女性というよりも幻影として姿を見せており、フレデリックはこの女性を「実際に自分の恋人にしようとする試みは一切無駄だと確信」(同)している。

この恋はしばしば条件法（仮定法）の恋と評される。それは、目の前の対象への恋愛感情を孕んだ視線を起点にして、妄想という非現実の仮定の上に構築される恋愛関係である。フレデリックにとって、不可能性の確信は可能性の否定ではない。この青年は、不可能でないわけでも可能でないわけでもない領域に身を置いている。この現実と夢想、不可能性と可能性の間に宙吊りになる世界を、ジュリエット・アズーレは「幻想世界」と呼び、「全てが継続的で首尾一貫したまとまりを持ち、モノと魂とが同じ幸福の理想へと向かう」(29)場と説明する。フレデリックとアルヌー夫人が、この物語の中で最も幸福を感じる瞬間、すなわち環境と自己とが調和する機会もまた、その宙吊り状態の幻想世界の中にある。

フレデリックはアルヌー夫人の方から身を任せてほしいので自分から手を出したくない。愛されているという確信が、相手を自分のものにする前味のように、大いに心を楽しませた。彼女の人柄の魅力は、官能よりも心をかき乱した。それは漠然として形の定まらないこの上ない幸福感であり、もうひとつ奥の完全な幸福さえ忘れてしまうほどの酔い心地だった。それでいて彼女の側を離れると、猛烈な情欲に苛まれるのだ。（第二部六章、四〇七）

フレデリックは、獲得することよりも求め続けることに快楽を覚える。オートゥイユで、アルヌー夫人と心を通じ合わせて二人きりで過ごすフレデリックは、プラトニックな関係を楽しみつつ、他方で肉体的な欲望にも苛まれている。それでもこの至上の幸福感（une béatitude カトリックにおける最高度の幸福）において、純潔な愛と肉体的欲望は、対立しているというより貫入し合う関係にある。肉体に向けられる欲望は、その不確定な希望（可能性）と絶望（不可能性）とのせめぎ合いゆえにその周辺へとずらされる。出会いの場面で生まれた「この女性の全てを知りたい」という好奇心は、常に宙吊りにされることで燃え続ける。青年は「自分から手を出したくない」という消極的姿勢を貫き、肉体的にこの女性を所有する前の、まだこの先に「完全に自分のものにする」可能性を、ただ見つめることで得られる「漠然として形の定まらない」至福を見出している。

妄想によって拡大する恋愛においては、情欲はいわばその対象の不在に向けられる。アズーレは、フロベール作品にしばしば描かれる「記憶による不在の人物の実在感」を、「存在と非―存在との相互貫入」とし、「過去は現在に住み続け、同様に現在の人物はすでに不在に、未来の想像が現在の瞬間に入り込む」[30]と説明する。フレデリックはロザネットと歩きながら記憶の中のアルヌー夫人と歩き、ロザネットの妊娠の知らせにアルヌー夫人との子どもの姿を見、その声を聞く。ピエール＝ルイ・レイは、「この幻想世界の住人は、決定的にボヴァリストの要素を欠いた人物である」[31]と指摘する。ボヴァリストとは、エマ・ボヴァリーのように、現実とはかけ離れた理想像に自分を空しくあてはめる人物を指す。[32]しかしフレデリックは、自分にない何かを欲望するのではなく、不在そのものを求め、触れられない世界を感じることに喜びを感じる。手に入れることを目的とするのではなく、そこに向かう過程に留まり続けようとするのである。こうした幻想世界では、時間がまたがれ、離れた空間が結合し、他人がその人の存在を、モノが人の存在を得る。

この狭間の世界が、青年自身によって意識されるのは物語の終盤、アルヌー夫人がフランスを去ることが判明した時である。自分とこの女性の繋がり、ひいては夢想と現実の間の世界が消失しようとする時、つまり可能性が不可能性へと飲み込まれようとしている時に、初めてフレデリックはこれまでの自分に「ある不屈の希望が残っていた」と気付く。この時にようやく、常に自分が感じていた諦念——到達不可能性が、希望という可能性によって支えられていたことが意識化される。それゆえに、夫人が「自分の心の本質のようなもの、自分の生命の土台そのものではなかったか」(第三部五章、五九五〜五九六)という自問を通して、自分の生への客観的な視点が生まれることになる。

フレデリックのアルヌー夫人への恋慕は最初から、現実から遊離した夢想されるものとして作品の中心に据えられていた。その夢想は、しばしば「果てしない」という言葉が付されるように、求める対象への到達不可能性を示唆するものだった。しかしそれは完全なる妄想ではなく、実現の可能性が期待され続ける、現実と夢想との間に広げられた。相手を目の前に見つめながら夢見心地に陥る、あるいは相手の姿が見えなくとも現実に「そこに存在する」実感をもって、その人あるいはその人がいる世界が思い描かれる。『感情教育』においては、他のフロベール作品と同様に、主人公が愛する対象=崇高な存在を求める過程で現実と理想との狭間に作り出す内的世界が、ひとつの聖域となっているのである。

(1)一八七六年四月三日付ジョルジュ・サンド宛書簡(*Correspondance*, tome 5, p.31)。この記述は、『ボヴァリー夫人』執筆時に目指された、「地球が何の支えもなく宙に浮いているように、文体の内的な力によって自らを支えている書物」(一八五二年一月十六日付ルイーズ・コレ宛書簡、*Correspondance*, tome 2, p.31)という有名な作品論を想起させる。

（2）Marcel Proust, «À propos du «Style» de Flaubert», dans *Contre Sainte-Beuve*, bibliothèque de Pléiade, Gallimard, 1971, p.588.

（3）この一行は、生島遼一訳では「と、それは一つの幻のようであった。」と訳されている（『感情教育』上下巻、岩波書店、一九七一年、一二頁）。

（4）アルヌーの自宅で顔を出す時、通りで偶然出会う時、夜会で顔を合わせる時、夫人は常に「立ち現れる」あるいは「突然そこにいる」ことで青年を驚かす。「アルヌーが帰ってきた。そしてもう一方の入り口から、アルヌー夫人が現れた（Mme Arnoux parut）。」（第一部四章、一〇二）

（5）エドマンド・バーク、前掲書、二〇〇〇年、六二頁参照。

（6）同書、七一頁。

（7）ニコル・ルメートル、マリー＝テレーズ・カンソン、ヴェロニク・ソ『図説キリスト教文化事典』、倉持不三也訳、原書房、一九九八年、一四四頁「出現」（apparition）参照。もともとは聖母を含む、キリスト、聖人、天使などが目に見える形で現れることを示すが、十九世紀においては聖母マリアの出現が特徴付けられる。この事典にはルルド以外にも、パリやサレット（フランス南東部）、ポンマン（フランス中西部）等の事例が紹介されている。

（8）当時十四歳の少女ベルナデットのもとに聖母が「出現」したのは一八五八年、その場所に聖母像が据えられたのが一八六四年、ちょうどフロベールが『感情教育』を書き始める年である。ルルドにはその後、ヨーロッパのみならず世界中から巡礼者が集まるようになる。

（9）『紋切型辞典』で、「天使」は「恋愛や文学に効果的」とある（*Le Dictionnaire des idée reçues*, p.49）。

（10）Pierre-Louis Rey, *op.cit.*, p.97.

（11）フロベールはロマン主義的な世界を語る時、しばしば象徴的に青色を用いる：「今夜ようやく若い娘の夢想に関するアイデアを書き出してみました。まだあと二週間はこの青い湖を漕ぎ渡らなければなりません」（一八五二年三月二十七日付ルイーズ・コレ宛書簡、*Correspondance*, tome 3, p.144.）

（12）Victor Brombert, *op.cit.*, p.105.

（13）フロベールはノルマンディー地方の対極にある地として、しばしばオリエント世界を夢想するが、憧れの地にはイタリアやスペインといった南欧も含まれていた。一八四二年十月二十一日付のエルネスト・シュヴァリエ宛ての書簡でも、太陽への愛や地中海への憧れが綴られ、「アンダルシアの騾馬引きになりたい、ナポリの浮浪者になりたい」と記される（*Correspondance*, tome 1, p.125）。

（14）*Madame Bovary*, 2-4, p.103.

（15）Albert Thibaudet, *op.cit*, p.158.

（16）夫人を訪問する前は「アルヌー夫人の姿が（あまりたびたび話を聞かされたために）デローリエの想像力には普通の女性ではないように描き出されるようになっていた」（第二部四章、三二〇）が、実際には躊躇なく夫人の手を取り、激しく拒絶される。

（17）理想の女性の現出については『ボヴァリー夫人』でも、レオンがエマに「あらゆる小説に登場する恋の女、あらゆる劇のヒロイン、あらゆる詩集の漠然とした〈彼女〉」を当てはめていた（*Madame Bovary*, 3-5, p.271）。

（18）エドマンド・バーク、前掲書、八一頁。

（19）ヴィクトール・ユゴーの『レ・ミゼラブル』（一八六二）で、マリウスがコゼットに宛てて書いた「宇宙をただ一人に縮め、ただひとりを神にまで広げること、それが愛だ。」（第三巻五章）という有名な言葉が思い起こされる。

（20）Voir Franck Errard, Bernard Valette, *op.cit.*, p.3.

（21）一般的な過去の叙述に用いられる「複合過去」に対して、「単純過去」は書き言葉でのみ用いられる。現在とのつながりを持たない過去の行為や出来事、あるいは過去に連続して起きた出来事を、客観的に表す時制。

（22）「ぼくは人生を嫌悪している。ぼくはカトリックなのです。ぼくの心には、ノルマンディーの大伽藍からしみ出してくる苔のようなものがある。ぼくが親近感を抱くのは、非行動的な人間、禁欲的な者、夢想家です。」（一八五三年十二月十四日付ルイーズ・コレ宛書簡、*Correspondance*, tome 2, p.478）。フロベールがカトリックという時、その言葉にはゴシックの大聖堂が聳えるノルマンディーの陰鬱な空気と、思索に没頭する修道士としての気質が重ねられる。ここで挙げられている気質のうち、禁欲的であるところ以外はフレデリックにあてはめられる。

（23）ジャン＝ジャック・ヴュナンビュルジェ『聖なるもの』川那部和恵訳、白水社（文庫クセジュ）、二〇一八年、五一頁。

（24）Stendhal, *De l'amour*, Gallimard folio,1980, p.262.

（25）Voir Juliette *Azoulai, L'Ame et le Corps chez Flaubert – Une onthologie simple*, Classiques Garnier, 2014, p.341.

（26）このつぶやきについては、最初に訪れたショワズール通りの家とは一変して、今度の家は薄暗く所帯じみており、前者では夕食会のため着飾っていた夫人が今度は普段着で、華やかな少女のかわりに肌着の男の子が姿を現している、という対比によってもたらされるという指摘もある（工藤庸子『フランス恋愛小説論』岩波新書、一九九八年、一三六～一三七頁参照）。しかしその後、この場所にいる夫人は再び光り輝く。

（27）Flaubert, *Salammbô*, Garnier Flammarion, 1992, 5, p.108.

（28）Voir Georges Poulet, *op.cit.*, p.357.

（29）Juliette Azoulai, *op.cit.*, p.539.

（30）*Ibid.*, p.337.

（31）Pierre-Louis Rey, *op.cit.*, p.135.

（32）ボヴァリズム（Bovarysme）は、ジュール・ド・ゴーチエ（Jules de Gautier）が著書『ボヴァリズム、フロベール作品における心理学』（*Le Bovarysme, la psychologie dans l'œuvre de Flaubert*, 1892）で示した語である。フロベールが嫌悪したイズムがこうしてボヴァリーの名前に使われるようになったのは、皮肉ながら興味深い。

第四章　視線と情熱

フロベールは、視線を雄弁な言葉よりも重視する。『ボヴァリー夫人』執筆時期にルイーズ・コレに宛てた文体論の中で、「言葉を持たないものに対しては、視線でじゅうぶんなのです」(1)と述べ、ロマン主義文学に顕著な「語られる詩情《ポエジー》」に嫌悪感を表している。魂の吐露や抒情性というものは、「愛」や「崇高」といった直接的な言葉ではなく、文体の力で感じさせるものでなければならない。このおよそ七年前に書かれた友人のル・ポワトヴァン宛の書簡にも、「興味深いことに対しては、(それについて語るのではなくそれを長い間じっと見つめればじゅうぶんなのです」(2)という記述がある。見つめるという行為は、安易な言葉でその表面をなぞるのではなく、視線の対象となる事物の奥深くまで入り込むことを意味していた。

フロベール作品においては、視点人物の感情や想像力が、世界を感覚的に描き出す。フロベールは作者の俯瞰的な説明ではなく、(3)視点人物による主観的な描写を徹底した最初の作家である。その世界は決して写実的なものではなく、作中人物によって揺らぎ、変容する。その人の想いを、そのまなざしが向かう対象に映し出す。だからこそ愛する者への視線は、その事物や人物の中に自らを融解させる恍惚感までを語る。フロベール自身が、そうした視線を恋人に向けることで驚愕を伴う陶酔を得ており、(4) 逆にそうしたまなざしを向けられた時に崇高な戦慄を感じた経験を持つ。

ぼくは（十八ヵ月ほど前に）ある家によく行っていて、そこに一人の魅力的で、すばらしく綺麗で――こう言えるならキリスト教的でほとんどゴシック的な美しさをたたえた若い娘がいたんだ。彼女は純朴で感動しやすい性格だった。泣いたと思ったら笑ったり、まるで雨が降ったり晴れたりするようだった。この純粋さしかない美しい心にぼくは動揺していた。（…）ある日、ぼくらは二人きりで長椅子に座っていた。彼女は僕の手を取り、指をからませた。ぼくは何も考えずにされるがままになっていた。何も意識してなかったからね。すると彼女はぼくをあるまなざしでじっとみつめた……それにぼくはまた戦慄した。（…）ぼくはこのほほえみを忘れないだろう。それはぼくが見た最も崇高なものだった。そのほほえみには、穏やかな寛大さと素晴らしく野卑なものが混在していた。（…）ぼくが身内に感じた畏るべき印象はあなたには想像しがたいものだ。（…）大げさかもしれないけれど、ぼくは自分が応えることのなかったあの悲しい愛の視線をもう一度得るためなら、喜んで命を差し出すだろう。(5)（傍点筆者）

ここに描かれている少女は、大きな青い瞳を持ったイギリス人で、若きフロベールのガールフレンドである。「キリスト教的でほとんどゴシック的な美しさ(6)」とは、純朴な信仰が宿るものに生じる印象であるだろう。この野性的な娘は、フレデリックに恋するルイーズ・ロックのモデルとされている。フレデリックもルイーズからあけすけな恋心を向けられて畏怖の念を覚えるが、この娘も青い瞳で、正面からじっと、ほとんど険しく見えるほどの直情的な視線をフロベールに注いで、戦慄を与えている。それは「自分が応えられない」目線であり、そこに処女的（vierge）な不可触の崇高性が見出されている。愛する対象に見返りなしに一方的に向けられるまなざしは、ひたすら神的なものに向かおうとするひとつの信仰の形を示していると考えられる。

『感情教育』においてフレデリックを支配するのは、「大きな黒い眼」だった。この目は、シュレザンジェ夫人から自伝的初期作品、そしてアルヌー夫人へと、愛の対象となる崇高な女性の記号として引き継がれたものだ。しかし相手を見つめる目線はほぼフレデリック側から発されており、したがってこの黒い眼が一方的に見つめられる対象となっている点には留意しておくべきだろう。

一　視線が描き出す物語

恋する青年フレデリックと、その情熱が向けられるアルヌー夫人との間に生じる聖域は、視線によって形作られるものだった。積極性も確固とした意志も欠くフレデリックは、行動するかわりに、ただひたすら見つめ続ける。『感情教育』においては、「見つめる視線としての男、見つめられる身体としての女」という近代小説特有の構図が徹底されており、アルヌー夫人の視点はほとんど見られない。これは「青年の人妻への恋」という同様のテーマで書かれた、バルザックやスタンダールの小説と大きく異なっている。

フレデリックにおいては視線が行動に取って代わる。物語冒頭、アルヌー夫人登場の場面は、フレデリックの視線によって一枚の絵画のように留め置かれている。夫人を描き出す時に、画布に生じている実際の動きはたった二つで、夫人の娘を連れた黒人女中の入場と、滑り落ちそうになった夫人のショールをフレデリックが受け止める動作がそれである。特に二つ目の動作により、それまで青年が一方的に夫人に送っていた視線に初めて夫人が向き合い、「二人の目が出会う」（第一部一章、四九）。ジャン・ルーセはこの一文を、出会いの場面の頂点に位置付ける。[7] フレデリック側からだけの夢見心地の視線が夫人の輪郭をさまよった後に、互いを認識した最初の瞬間だからである。その詩的で幻想的な世界は、そこに闖入するアルヌーの「奥さんの支度はできたかな？」という大声での呼びかけによって、直ちに現実世界に引き戻される。

二人の目線が出会う瞬間は重要である。夫人の目が自分の目と出会う時には、相手の存在が自分の中に浸透するような、神秘主義的な恍惚感が生み出される。先述の通り、この物語においては、フレデリックからのアルヌー夫人への視線が基調をなしている。「幻」として姿を見せた女性への崇拝のまなざしは一方的に強化され、夫人が現実に目の前にいる時はもちろん、いない時ですらも、この青年の内的世界を占めていく。

一目ぼれから始まった恋は、アルヌー夫人を見つめる目線の中で進展していく。

（画家ペルランの芸術論を聞きながら）フレデリックはアルヌー夫人を見つめていた。耳に入ってくる言葉が彼の心の中で、燃えさかる炎に落ちていく金属片のように情熱にくべられ、恋心を作っていった。

フレデリックは、夫人と同じ側の三席下座に座っていた。時折、夫人は身体を少し傾けて首をかしげ、自分の娘に何か話しかけていた。そして夫人が微笑むと、頬にひとつえくぼができて、それがより誠実で優しい雰囲気を彼女の顔に与えるのだった。（第一部四章、一〇四～一〇五）

これは最初の出会いから長い間待ち続けた後に、ついにフレデリックがアルヌー家に招待された夕食の場面である。フレデリックには夫人の声ではなくペルランの声が聞こえており、耳に届くのも夫人に関わることではなく画家の美術論なのだが、聞き入る必要のないそれらの言葉がかえって見る行為に集中させ、それが効果的な燃料となって、夫人を見つめる快楽の内に恋愛感情を鋳造していく。青年はアルヌー夫人の対面ではなく、「同じ側の三席離れたところ」に座っているため、少し身を乗り出して夫人の動きを横目で見ている様子が想像できる。食事後の時間帯には二人で歓談する機会が訪れるが、夫人の声が語る言葉一つひとつにも、フレデリックは全く新しい何か、この女性にしかない特別なものを感じる。そうした声を耳にしながら、フレデリックはなおも見つめ続ける。

彼はじっと、相手のあらわな肩に軽く触れている髪飾りの房を見つめていた。そして、そこから目を離さず、この女性的な肌の白さの中に自分の魂を浸透させていった。それでいて、思い切って目を上げて顔を合わせることはできないのだった。（第一部四章、一〇六）

フレデリックは、下げた目線の先にある夫人の肩の白さを、ただ一心に感じている。肌を直接見るのではなく、肌に触れている髪飾りの房に焦点を合わせることで、その下に広がる「白さ」を視界全体で、ひいては全身でとらえている。その肌は固体というよりも液状の印象を生み、そこに自分の魂を浸透させる感覚をもたらす。この「浸透させる」（enfoncer）という語は、「杭を打ち込む」という意味も持つ。フレデリックは視線で相手に何かを伝えるのではなく、目を上げることもできず、全力で目の前にいるこの女性の存在に視線を突き立て、凝視という行為に耽るのである。

そして別れ際の握手で、距離をもって見つめていた夫人の肌に初めて触れることで、その感触が「自分の皮膚の細胞にまで入り込んでいくように感じる」（同章、一〇七）。融解や浸透の感覚は、フロベール的な宗教体験を特徴付ける。そしてひたすら見つめる行為の合間に聴覚や触覚が挟み込まれることで、全身で夫人を感じ、その身体に入り込もうとする情熱が伝えられる。

こうして初めて心ゆくまで夫人に視線を浸透させた帰り道に、フレデリックは「我々人間を一段高い世界に運ぶ心地のする、あの魂の戦慄のひとつに襲われて」（同章、一〇八）いる。『ボヴァリー夫人』で、ロドルフと関係を持った日にエマが見出したのもこの一段高い世界であり、日常世界はそこから遙か下に眺められた。フレデリックにおいて、現実から離脱した「より高次の世界へ運ばれる」（transporter dans un monde supérieur）魂の戦慄は、積み重ねられた視線によってもたらされるものといえるだろう。

アルヌー夫人への視線は、合う回数が重なるたびに激しく深くなっていく。

そういう夕食で、フレデリックは全く口をきかなかった。ただ夫人を凝視していた。こめかみの右側に小さなほくろがあった。組み分けた髪がいつも残りの髪より黒くて、端の方は少し濡れているように見えた。夫人はその髪を時々二本の指でなでていた。青年は彼女の一つひとつの爪の形を知っていて、ドアのそばを通る時に聞こえる絹の服の衣ずれの音を聞くのを無上の楽しみにしており、夫人のハンカチの香りをこっそりと吸い込むのだった。彼女の櫛、手袋、指輪、みんな彼には芸術作品のようにに特別で貴重な、ほとんど人間のように生きているかに思われた。あらゆるものが心をとらえ、情熱を掻き立てるのだった。（第一部五章、一一五）

最初の夕食では「見つめる」（regarder）とされていた視線は、今や「凝視する」（contempler）となっている。ただ見とれるのではなく、より詳細な情報を得ようと観察する目線である。ほくろ、髪の色合い、二本の指、一つひとつの爪の形といった微視的な描写には、習慣性も加わっている。そこに聴覚と嗅覚が加えられ、フレデリックがいかに全身を使って夫人の存在を感じ取ろうとしているかがわかる。夕食の席で口をあまりきかないのは、相手に自分の存在を伝えるのではなくコミュニケーションを取るのでもなく、ただひたすら対象に入り込もうとしているからであり、まさにまなざしの「打ち込み」（enfoncer）の態度が強調されている。

フレデリックの視線は、本人だけではなく夫人の所有物にも入り込んでいる。引用文に見られる「ほとんど」や「思われる」という語は、フロベール作品に頻出するのだが、客観的で断定的な説明とは異なり、視点人物の微妙な感覚を反映する。夫人の所有物が「芸術作品のように貴重」で、「ほとんど生きている」とまで感じられるのは、それらが持ち主と同一視されているからである。視点人物の恋愛感情が、目線の先の対象に特別な意味付けをすることで、見られるもの全てが見る者の内的世界に支配されていく。

二　視線がもたらす宗教体験

『感情教育』では、主にフレデリックがアルヌー家を訪れるが、逆にアルヌー夫人がフレデリックの住まいを訪れることがある。この時も夫人の一挙一動が注意深く見つめられるが、夫人の存在感は、フレデリックが彼女を見つめている時よりも、彼女が去った後に拡大している。

自分の書斎に戻ると、フレデリックは夫人が座っていた肘掛け椅子、手を触れた全ての物を、じっと見つめた。夫人の何かが自分の周りに漂っていた。あの人がいた快さがまだ続いていた。

「ああ、ここに、あの人が来ていたのだ！」と、思っていた。

すると、果てしない愛情の波で心がいっぱいになってしまうのだった。（第二部三章、二九四〜五）

夫人の残像がもたらす「快さ」（la caresse）は、「愛撫」の意味を持つ。相手が姿を消すことによって、これまで視線の対象であったものが能動性を持ち、空間全体を満たし、今はもう目の前にいない夫人の触れたモノに愛撫されるような、神秘的な接触が実現されている。フレデリックは愛する女性に視線で触れ、残像に触れられる快感を味わう。

見つめる行為は、フレデリックの中に無限の感覚を広げる。夫人の全てを吸い込むことを欲するフレデリックの視線は、やがて自らの内部にその対象を完全に浸透させていく。

この女性をじっと見つめていると、あまりに強い香水を使った時のように、神経が麻痺してしまう。それが彼の気質の奥底まで潜り込んでいき、ほとんど全般的なものの感じ方、新しい生き方のようにまでなってしまった。（第一部五章、一二三）

こうしてフレデリックの生活全体にアルヌー夫人を見つめる感覚が染み込み、その「新しい生き方」に支配されていく。何を目にしても常に夫人のことを思い、その存在感に取り巻かれる生活を送る。視線を通して取り入れた夫人の存在と人格が身体に充満し、次第に自分の周りにあふれ出していく。

アルヌー夫人へ向けられる視線は、ついに明確な「宗教体験」をもたらす。それは、夫人の視線が自分の視線と交わる瞬間だった。船上での出会いの場面では、二人の目線は、ただ「出会った」という単純過去で示されており、一瞬で離れる刹那的なものだった。しかし夫人を見ることに生活の全てを捧げてきた今、相手からの継続的な視線を受け止める次の場面は、特別な光に満ちている。

時々夫人はしばらく彼を見つめながらほほえんでいた。するとフレデリックはそのまなざしが水底まで下りてくるあの陽の光のように、自分の魂に入り込んでくるのを感じた。もう下心もなく報いを期待することもなく、一心にこの人を愛していた。そして、感謝の迸りのような無言の歓喜に打たれて、相手の額をキスの雨で覆いたい気持ちだった。やがてずっと奥から湧く気持ちの波に持ち上げられて、自分の外に出てしまうような心地になった。すぐにもこの身を捧げたい欲求は、それを満たせないた

めにますます熾烈になっていた。（第一部五章、一五五）

「フレデリックの上に留まる」（arrêter sur lui）夫人のまなざしは、浸透してくる光として描かれている。神聖な光はそれを仰ぐ者を包み込み、変容させる。「侵入する」（pénétrer）という動詞は、融解の感覚として恋愛感情と結びつく。対象が自分に貫入して溶け合う悦びは、宗教的な喜悦としてとらえられる。この一節には「愛する」という動詞を修飾するために「一心に」（原文では absolument：絶対的に）という副詞が使われ、ひたすら対象へと向かおうとする無私の崇拝が示される。さらに「波に持ち上げられて」、「自分の外に出てしまう」心地や、私心を放棄して相手に「身を捧げたい」という表現にも、神秘体験を想起させる心の動きが見出せる。(8)

フロベールの汎神論的恍惚感とは、見つめる対象との一体化であり、自分を汎神論的に世界に溶かし込む快楽を求めるものだった。フロベールは自分が汎神的能力に長けていると自認しており、(9)自伝的色彩の濃い初期作品『十一月』で、主人公が海岸で青空と海を眺める場面には、神秘主義的な喜悦が横溢している。

神の霊がぼくを満たし、心は大きく広がり、何か奇妙な衝動から何かを崇めたくなっていた、太陽の光の中に吸い込まれ、海面から立ち上る匂いと共に、この果てしない青空の中に没入してしまいたかった。その時、途方もない歓喜におそわれた、そしてぼくは、まるで天の幸福が、そのまま自分の魂の中に入りこんできたかのような気持ちで歩き出した。（…）愛のように優しく、祈りのように清

らかなものが、水平線の彼方から立ち上り、引きちぎられたような岩の頂や低空から舞い降りてきた。(10)

先の引用で夫人との視線の内に感じられた、陽の光のように水底まで降りてくる相手の視線と、そこから波のように持ちあげられる陶酔感という上昇と下降の動きは、ここでは太陽や青空に向かって海の香りと共に上昇する崇拝の気持の膨らみと、天から自分に向かって降りてくる喜悦に見出される。フロベールが描く神秘体験においては、上下に向かう動きが混然一体となっている。『聖ジュリヤン伝』の最終場面は、ジュリヤンがキリストと一体化して天に運ばれる典型的な神秘体験の場面であるが、その時ジュリヤンは「洪水のように（下から）湧き上がる」歓喜の波に運ばれて「青い空間へと上って」いた。

しかしフレデリックが感じている「私心を放棄し即座に献身する欲望」は、実行に移されない。(11)このブルジョワ青年において、計算も我欲もなく身を投じることによってのみ可能となる崇高への接近は、欲望の強さにもかかわらず、あるいはそれゆえに夢想に留まり、実行不可能なものと自認されて「熾烈なまま」に宙吊りにされる。フロベールが考える崇高とは、「孤独のうちに涙を流しながら」(12)登るべき道程であったが、それをフレデリックは瞬間的な忘我と恍惚で飛び越えようとする。この青年に、険しい道をたゆまずに歩む実行力はない。それでもフレデリックの恋愛感情は、その瞬間に永遠の果てしなさを見る。そして欲望を充足させるための行動がいつまでも行われないままに、光り輝く恍惚を求めて、フレデリックはアルヌー夫人に目を向け続けずにはいられない。

夫人の姿はますます偶像化されていく。アルヌー夫人は、全身から発光しているような輝かしさで青年の前に現れ、その目からは宗教的な光が横溢する。

陽の光が夫人を包んでいた――うりざね顔、長いまつげ、肩の形を見せている黒いレースの肩掛け、玉虫色の絹の服、帽子の端にはさんだスミレの花束、全てがこの世のものではない輝かしさに見えた。その美しい瞳からは、無限の甘美さが溢れ出ていた。（第二部六章、三八八）

この時もフレデリックは、長く会わずにいた夫人に突然通りで遭遇しており、唐突に視界に入った相手に驚き、双方が後ずさりしている。外の日差しを直接浴びて、光を通すレースや光を多面的に反射させる「玉虫色」[13]（gorge-de-pigeon）の服を着たアルヌー夫人は、神々しさに満ちている。フレデリックが夫人の目に見出す「無限の甘美さ」（une suavité infinie）も、神秘体験を思わせる「無限の法悦」を意味し、青年を満たす恍惚を説明する。フレデリックは「この思いがけない出会い」を「どのような素晴らしい恋の出来事にも取り替えたくない」と、最上級の体験を得た悦びに浸る。

ウィリアム・ジェイムズは、「おそらく宗教的な人なら誰でも、真理の直接的な直観、あるいは生ける神の存在の直観がおそって、気の抜けた日常的な信仰を圧倒してしまうような特殊な記憶を持っている」[14]と説明する。フロベールもまた、そうした崇高を直観する体験を心得ていた。ジェイムズは「もはや確かな事実」として、「はっきり宗教的なものだといえる経験領域においては、多くの人はその信仰の対象を、彼らの力が真なりと認める単なる概念の形で所有しているのではなく、むしろ直接に感受される準感覚的な実在という形で所有している」[15]とし、宗教的な諸概念は、この実在の感じを喚起することができる限り、それがどんなに微かでも信じられるものとなるという。フロベールが描く神秘体験の恍惚は、視覚を通して、まさに「概念の把握ではなく直接感受される」ことで、身内に神的なもの、崇高なものを確信させる。それをもたらすのが、弱さゆえに鋭敏になるフレデリックの感覚だった。

フロベールにおける「身体」と「魂（精神）」の関係は、互いに切り離せない相互作用的なものであり、両者は混じり合っている。セシル・マテイはフロベールを「物質と対立させて精神を重んじるロマン主義とは違う」と確認したうえで、鸚鵡のルルに見られるような聖と俗の融合を重視し、そこで行われる感覚化を作家の独自性と見なして、人間の身体を「事物を感じ取る神殿」(16)（un temple qui éprouve）としてとらえる。人々の内に聖域を作り出すのは、神を感じ取るヴィジョン、声、匂い、重みといった諸感覚なのである。

たとえば『三つの物語』では、『聖書』や、聖人伝説を集めたヴォラギネの『黄金伝説』（一二六七頃）の挿話がもたらすイメージが、フロベールによって感覚化されている。試練と神の恩寵が、出来事とその結果として別々に扱われるのではなく常に貫入し合う関係にあることが、視点人物を通した感覚描写、全体の構成、文体によって読者に「感じられる」ものとなっている。ジャック・ネーフは、作家が体感する神秘体験の瞬間を「感覚的な空間と自身との融合の瞬間」(17)としてとらえており、そこでは外部が内部に流し込まれ、内部が外部に広げられる。フロベールが自らの芸術でめざしたのは、こうした神秘体験の効果で、「夢想させること」(18)（faire rêver）だった。作品世界に生み出される「幻影」（Illusion）こそが、「たった一つの真の真実」(19)なのである。魂を信仰で満たすとは、神が創られた世界に自らを溶け込ませ、自らの内にその世界を感じることだった。

見つめる視線の内に、宗教的な恍惚感をもたらすのはアルヌー夫人のみである。フレデリックは、自分と恋愛関係を結ぶ他の女性も「見つめる」。しかしそこに陽気な楽しさや不可思議な美しさを認めはするものの、比較的冷静な観察に留まり、無我の境地まで没入することはない。また後述するように、ロザネットは聴覚、ダンブルーズ夫人は嗅覚という、視覚と区別された感覚器官への作用によって、青年の注意を惹くことになる。『感情教育』においては、恋する青年のまなざしを通したアルヌー夫人の神聖化が徹底しており、視覚によってもたらされる宗教体験が際立っているといえるだろう。

（1）一八五二年七月五日付ルイーズ・コレ宛書簡（*Correspondance*, tome 2, p.128）。
（2）一八四五年九月十六日付アルフレッド・ル・ポワトヴァン宛書簡（*Correspondance*, tome 1, p.252）。
（3）「作家はその作品において、この世界における神のように、至るところにいてどこにも見えないようにしなければなりません。」（一八五二年十二月九日付ルイーズ・コレ宛書簡、*Correspondance*, tome 2, p.204.）ジャンヌ・ベムは、フロベールを「写実的な作家」ではなく「視覚的な創作者」と説明する（『フロベール、コンテンポラリーなまなざし』柏木加代子訳、水声社、二〇一七年、一四頁参照）。
（4）フロベールはコレと関係を持った当初にも熱烈な恋文を送っており、「（昨日、）ぼくはあなたを見つめることが全てでした。ぼくは驚愕を覚え、魅惑されていました」と述べている（一八四六年八月八日付書簡、*Correspondance*, tome 1, p.284）。
（5）一八四六年九月二十二日付ルイーズ・コレ宛書簡（*Correspondance*, tome 1, p.359）。
（6）ゴシックという語はフロベールにとって「中世」と同義で、キリスト教会の権威や、「宗教的な何か」を示す紋切型の象徴だった。かつてゴシック教会は中世の人々の祈りや信仰に満たされた聖なる空間だった。それが十九世紀には単なるゴシック美術館として不敬な好奇心が注がれる空虚な空間に堕す（Voir Roland Barthes, *Michelet par lui-même*, Seuil, écrivains

de toujours, 1965, p.39)。『ボヴァリー夫人』第三章のはじめでレオンとエマが巡るルーアン大聖堂はその好例だろう。『紋切型辞典』の「ゴシック」の項目には「他のものよりも信仰心が捧げられた建築様式」とある(*Le Dictionnaire des idées reçues*, p.76)。

(7)ルーセは「彼らの目が出会った」の一文を、「小説における最初の一瞥」という副題を持つ著書のタイトルに採用している(Jean Rousset, *Leurs yeux se rencontrèrent / la scène de première vue dans le roman*, José Corti, 1984, p.26)。

(8)フロベールが描く神秘体験の感覚には、スピノザの影響が考えられる。ただしフロベールとスピノザの汎神論は同一のものではない。スピノザの世界観は「世界は神においてのみ存在」するもので、有限が無限に浸っていると考えるが、十九世紀的汎神論は「神は世界においてのみ存在」しており、無限が有限に浸っているという(Juliette Azoulai, *op.cit.*, p.127)。

(9)一八四六年八月十一日付ルイーズ・コレ宛書簡(*Correspondance*, tome 1, p.287)参照。またフロベールは後年、「ぼくは実のところ神秘主義者だ。」(一八五二年五月八日付ルイーズ・コレ宛書簡、*Correspondance*, tome 2, p.88)とも述べている。

(10)*Mémoires d'un fou, Novembre et autres textes de jeunesse*, op.cit., pp.429-430.

(11)実行に移している例は、『純な心』のフェリシテである。全身で愛する対象に身を捧げる様は、愛する対象を求めて一心に全力疾走する女中に見出される。

(12)一八五三年九月十六日付ルイーズ・コレ宛書簡(*Correspondance*, tome 2, p.432)。

(13)フレデリックはアルヌー夫人の誕生日祝いに、「玉虫色の」(gorge-de-pigeon)絹の日傘を買っている(第一部五章、一四九)。瞬間ごとに色合いを変えるこの色は、たとえば『ヘロディア』でサロメが纏う衣装に用いられ、男たちを惑わせる舞踊を引き立てる。ジャン＝ピエール・リシャールは、フロベールがこの色を好んでいたことを指摘したうえで、光を四方八方に反射させる色彩がそれを目にする人々の感覚を拡散させる効果を説明する(Jean-Pierre Richard, *Littérature et sensation Stendhal-Flaubert*, Seuil, 1954, p.202)。

(14)ウィリアム・ジェイムズ『宗教的経験の諸相(上)』桝田啓三郎訳、岩波文庫、二〇〇四年、一〇二頁。

(15)同書、九九〜一〇〇頁。

（16）Cécile Matthey, *L'écriture hospitalière / L'espace de la croyance dans Trois Contes de Flaubert*, Editions Rodopi B.V., 2008, p.101.

（17）Jacques Neefs, «Flaubert et les idées religieuses», in *Flaubert e il pensiero del suo* secolo (Atti del convegno internazionale, Università di Messina), Facoltà di lettere e filosofia / Istituto di lingue e letterature straniere moderne, Messina, 1985, p.344.

（18）「ぼくにとって、芸術のうちで最も高度で最も困難なことは、笑わせることでも泣かせることでも、欲情させることでも怒らせることでもなく、自然と同じような働きかけをすること、つまり〈夢想させる〉ことです。」（一八五三年八月二十六日付ルイーズ・コレ宛書簡、*Correspondance*, tome 2, p.417.）

（19）一八四七年一月十五日付ルイーズ・コレ宛書簡（*Correspondance*, tome 1, p.429）。たとえばフロベールは『ドン・キホーテ』の偉大さを「この幻想と現実の絶え間ない融合（cette perpétuelle fusion de l'illusion et de la réalité）、これが一冊の本をこれほどに面白く、これほどに詩的にしている」と語り、じっと見つめるほどピラミッドのように大きくなり、ついには恐怖を抱くまでになると賞賛する（一八五二年十一月二十二日付ルイーズ・コレ宛書簡、*Correspondance*, tome 2, p.179）。

第五章　聖化と涜聖

フロベールが描く恋愛感情は、まなざしを通して、愛する対象を、その人にとどまらず周囲のモノや場所、さらには周りの人々や恋敵にまで拡大し、融合し、遍在させていく。フレデリックもアルヌー夫人の持ち物、住まい、街までも夫人と同一視し、さらには夫アルヌーも夫人の一部と見なすようになる。フロベール作品においては、愛する人へ向けられた視線が、その人の周辺の事物をその人に同化させる。『ボヴァリー夫人』では、レオンがエマの夫シャルルをも彼女の一部と見て愛情を向け、そのシャルルは妻の死後に、妻の姦通相手のロドルフを「彼女の何かを再び見るかのように」[1]見つめる。『サラムボー』では、マトーが敵国カルタゴの都市に留まらず、そこに住む金持ちたちまでをサラムボー自身に属するものと感じていた。

フロベールがフェティシストであることはよく知られており、恋愛関係を結んだルイーズ・コレに宛てた書簡には、その傾向を示すエピソードが散見される。たとえばルイーズが鼻血を出した時に使った血の付いたハンカチや、とりわけ彼女が履いていたスリッパが、貴重な思い出の品として語られる。

あなたのスリッパをもらうのはいい思い付きだった。ぼくがどのようにそれを眺めているか知ってくれたら！　血の染みはだんだん黄ばんできて、色が薄くなってくる。（…）さあ、ぼくはこれからあなたのスリッパをまた見ることにするよ。ああ、もうこのスリッパは決して手放せない。ぼくはあなたに対してと同じくらいこのスリッパに愛を注ぐ。これを作った人は、ぼくがこれに触れて手を震わせているなんて思いもしないだろうね――ぼくはこのスリッパの匂いを嗅ぐ――クマツヅラの匂いがする、そしてあなたの香りがする。その香りにぼくの魂はふくらむのです。[2]

「眺め」（regarder）、「再び見る」（revoir）という語から、このスリッパを履いていたルイーズの足の映像が何度も思い起こされていることが想定できる。しかし描かれるのは足そのものではなく、足を覆うスリッパのほうである。『ボヴァリー夫人』でも、レオンの膝の上にいるエマが、「バラ色の絹地のスリッパ」[3]を素足の指先にかけて青年に恍惚感をもたらし、フレデリックはアルヌー夫人との最後の逢瀬で思い出を語り合っている時に、服の下から少し見えた靴の先を目にして「ほとんど気が遠く」なりながら「あなたの足を見ると心が乱れるのです」（第三部六章、六一九）と告げる。フェティシズムという語は、モノやその断片を偏愛する嗜好を示すが、もともとは「物神」や「呪物」を示す「フェティッシュ」（fétiche）から生じており、第一義としては宗教学や人類学における「物神崇拝」の意味を持つ。[4]フロベールが作品の中で描く、愛する者にまつわるモノは、そうした崇拝の対象とされていると考えられる。

フロベールの作品において、モノに与えられる役割は大きい。モノには、それに触れた人その人と同等かそれ以上の存在感が与えられる。それが愛する人である場合、そのモノ自体が聖化され、聖遺物ともなる。ここに見られるのが、事物や人に聖性が宿る「受肉」（Incarnaton）のテーマである。

一　受肉とフェティシズム

恋する視線は見つめる対象を「祝別」し、それが「受肉」をもたらす。「祝別」の原語はラテン語の《consecratio》で、「奉献する」という意味を持つ。それは「祝福」（benedictio）に留まらず、神に捧げ神のものとする、つまり日常世界から対象物を離れさせ聖域へと移行させる、ひとつの儀式である。「神に捧げる」（sacrare）とは、人々が共用する領域にある事物を、手を触れられない分離された領域に移すことを意味する。カトリックにおける特に重要な儀式は、ミサの中で行われる聖変化だろう。キリストの身体、キリストの血としてのパンと葡萄酒の実体変化である。受肉とは霊の肉への結びつきであり、目に見えない存在が目に見えるものに宿る過程やその状態を示す。フロベール作品における愛は、受肉へと向かう傾向が強く、そこにはフェティシズムの宗教性と呼べるものがある。恋愛感情が、愛する者の周囲の人々にも、モノにも、空間にも、魂や生命を与えることで、崇拝の対象を拡大させる。そこにあるのは、フロベール以前の小説にあったような、対象の獲得へと直進する野心的な欲望ではなく、対象との超自然的な結びつきをめざす神秘主義的な愛である。

アルヌー夫人は、フィクションの世界に住む理想が受肉した女性だった。夫人は神格化され、フレデリックは、直接触れることのできないその女性を周囲のものに受肉させることで、その人との間接的な接触を試みる。たとえばアルヌー夫人とその娘と一緒に乗った馬車の中で、フレデリックは「二人の間に横に寝ている子どもの身体を通して、彼女の身体と触れあっているような」（第一部五章、一五七）感覚を得る。娘の体に母親の体が浸透する、つまり娘が母を受肉して、青年にその感触を伝える。愛する人と周囲のものとの同化は時に恋敵にも及び、アルヌーもアルヌー夫人の一部と見なされる。青年は「自分でも驚くことに」（同章、一三五）アルヌーに嫉妬を感じない。フレデリックは夫人をマリーと呼ぶことを一時許されるが、結局のところ最後までマリー・アルヌーは「アルヌー夫人」のままである。夫人の属性となっているがゆえに、アルヌーという名前自体が神聖なものとなる。

しかし崇高を追い求めるまなざしは、その人を直接感じたいと欲しつつも、結局のところ周囲にその人を移していくことで、その人自身をますます手の届かない領域へと投じてしまう。夫人と顔を合わせる機会が増え、視線を強め、夢想を深めるほど、フレデリックはこの女性が遠ざかるのを感じる。

アルヌー夫人を以前よりもよく知ったにもかかわらず（おそらくそのために）、彼は以前よりさらに臆病になってしまった。毎朝、大胆になろうと心に誓う。抑えがたい羞恥がそれを押しとどめてしまう。この女性が他の女性たちと違うだけに、他の例を手本に進むことができない。夢想の力で、彼は夫人を人間の境地の外に置いてしまっていた。この人の側にいると、自分は彼女のハサミから切り落とされる絹の糸くずよりもこの世で価値のないものだと感じられるのだった。（第二部三章、二七三）

夫人は「他の女性たちと違う」唯一無二の存在であり、その感覚が彼女を「人間の境地の外に」位置付ける。アルヌー夫人の裁縫のしぐさにも布にも針にも鋏にも、その超越性は波及している。それに対して、信奉者としての自分は、「糸くずよりもこの世で価値のない」卑小な存在となる。ここで両者は、両極に分離するというよりは、共に宗教的領域に侵入している。儀式を遂行するのは、「臆病」と「羞恥」というフレデリックの弱さであり、そこから生じる「夢想の力」である。弱さゆえに、青年は夫人を神的世界へ移行させると同時に、自らをもはや使用に足らない糸くずとする。そうして崇拝の対象と共に日常的な使用の領域から脱し、超越的な領域を開く。

　宗教においては、絶対的な存在と自分との間に、決して越えることのできない深淵が認められる。«religion»（宗教）の語源はしばしば、神と人との「結合」を意味するラテン語の«religare»《レリガーレ》とされるが、ジョルジョ・アガンベンはむしろ«relegere»《レレゲレ》、神々との関係を前にした不安なためらい、つまり「引き離したままにしておくように見張るもの(5)」と指摘する。フレデリックは出会いの船の上で読書する夫人を見た時に、「見れば見るほど二人の間の深淵が深まっていく」（第一部一章、五二）感覚に襲われている。『ボヴァリー夫人』では、レオンもエマを「日常を超越した世界に置き(6)」、『サラムボー』ではマトーがサラムボーとの間に「果てしない海の目に見えない波のようなもの(7)」を感じて、共に超えられない深淵に絶望する。宗教的光輝は、常に深淵の闇を伴うものである。エドマンド・バークは、崇高な観念を生み出す力に関しては、暗闇は光に一段と勝ると指摘する。崇高を前にして生じる畏怖は、「光がそれ自体の過剰によって暗闇に転化された状態(8)」として説明される。フレデリックは、自らとアルヌー夫人を共に人間を超越した領域に差し出し、深淵のうちに二人の関係のみで満たされる領域を開こうとする。しかしこの果てしない深淵を前に、対象への直接的な接触は決してかなわず、青年は受肉したモノや空間や人を介して、その人の漠然とした雰囲気の中で呆然と佇むしかない。

二　供儀の仮祭壇――トロンシェ通りの部屋

フロベール作品においては、不可触の聖なる世界が世俗の世界と結び付く瞬間があり、それは「供儀」を通して実現される。『サラムボー』においては、傭兵隊長マトーと、果てしない深淵の先にいたカルタゴの巫女サラムボーとの接触が、戦場のテントの下で、互いを神々の受肉した存在と見なすことで実現する。(9) モロック神、タニット女神と呼び合いながら融解の感触を得る過程は、神格化した相手に身を捧げる供儀としてとらえられるだろう。『純な心』でも、フェリシテの愛情によって聖霊を受肉した鸚鵡の剥製が、聖体祭の祭壇に捧げられ、死んでいくフェリシテの目に天を翔ける巨大な鳥となって映し出される。鸚鵡＝聖霊は聖体祭の儀式の中で、生と死、地上と天上とを繋ぐ。

『感情教育』でも、フレデリックが満を持して、崇拝の対象に触れるために行動を起こす場面がある。マトーのテントのように、フェリシテが鸚鵡を捧げる聖体祭のように、崇拝の対象に触れるための祭壇が整えられる。フレデリックはパリのトロンシェ通りに家具付きの部屋を借り、逢引きの約束を許したアルヌー夫人を迎える準備する。

それから三軒の店をまわって一番珍しい香水を買い、赤い木綿の悪趣味な掛布団と取り替えるためにまがいの透かしレースを手に入れ、青い繻子のスリッパを一足選んだ。（…）そして、仮祭壇を作る人々よりも敬虔な気持ちで、家具の位置を変え、自分でカーテンを掛け、薪は暖炉に、スミレは箪笥の上に置いた。できることなら部屋中に金を敷き詰めたかった。（第二部六章、四一一）

部屋は、聖体祭の仮祭壇（reposoir）に譬えられている。聖体祭では、聖体《ホスチア》を収めた聖体顕示台が、教会の中ではなく広い空のもとに掲げられ、街中を練り歩き、大抵は屋外に設置される仮祭壇へと向かい、そこでミサがあげられる。人々はこの仮祭壇に自分たちの宝物を寄付して飾ることで信仰を示す。『純な心』で仮祭壇に捧げられる鸚鵡のルルも、「フェリシテの唯一の財産」[10]だった。フレデリックは、神に信仰を捧げるそうした人々「よりも」強い信仰心を自負している。この部屋に金を敷き詰めたいと欲するのも、いかに自分の信仰心＝情熱を目に見える形で示したいかの表れだろう。[11]ただしこの部屋を聖体祭に譬える夢想には、キリスト教の聖なる世界と姦通の策略の世界とを混ぜ合わせる青年への強い皮肉が見える。

この場面までの「受肉」は、アルヌー夫人がいるところ、あるいはいたところや触れたところで行われていた。パリはアルヌー夫人がいるからこそ光り輝き、アルヌー家の小間物は夫人が触れたからこそ特別な価値を得た。しかしこの部屋にはいまだ夫人の姿はない。ここにはこれからやってくる崇高な存在との接触、つまり神秘体験としての融合の可能性が満ちている。いまだ対象がいないからこそ、「不屈の希望」が頂点に達する特別な場となる。この時、仮祭壇は世俗の世界に、寝室は聖なる世界へと入り込んでいる。仮祭壇も愛が交わされる寝台も、共に肉体に関する実体変化が起こる、いわば二つの受肉行為が重ね合わされる場となる。ここは、実体変化した神の体（アルヌー夫人）に接触して一体化する儀式が行われるはずの、特権的な領域である。この部屋は、意気地なし（lâche）ゆえに見つめるしかなかった青年が別次元の瞬間を得る、すなわちアルヌー夫人との関係を成就させるためだけに一時的に借りた、神秘体験としての融合の、やはり可能性に捧げられた祭壇なのである。[12]

ところがこの部屋にアルヌー夫人はやって来ない。夫人は約束の日、息子の高熱にまだ犯されていない姦通の天罰を感じ取り、「自分の初めての情熱を、ただ一つの弱い心を、全力で、自らの心を天に投げかけ、燔祭の生贄を捧げるように神に捧げる」（同章、四一九）。「燔祭」（holocaust）は神への供物が祭壇で焼尽される、供儀の中で最も高貴な、祈願と贖罪の儀式である。この全身全霊をかけた母親の祈りは、フレデリックのナルシスティックな欲望に対置される。結果としてアルヌー夫人の子どもは助かり、空しく祭壇を飾った青年の神秘体験はかなわない。しかしこの聖なる部屋はこの後、別の儀式を迎える。

フレデリックの「仮祭壇」は、そこに置かれたスミレの花がまだ枯れないうちに、今度は涜聖の場となる。そこに招き入れられるのは、すでに青年が身体の関係を持っていた高級娼婦ロザネットである。[13]

その時、憎悪が極まり、心の中でアルヌー夫人をより強く辱めたくなって、フレデリックはトロンシェ通りの建物へ、その人のために用意された住まいへとロザネットを連れていった。

花は枯れていなかった。透かしレースは寝台の上に広がっていた。彼は箪笥から小さなスリッパを取り出した。ロザネットはこうした心遣いをとても優しいと喜んだ。（第二部六章、四二二）

聖化の段階では「より敬虔に」（plus dévotement）と優等比較級で強調されていた信仰心は、ここでも優等比較級で、今度は「より強く神聖を汚す」（mieux outrager）と表される。神的存在に捧げものをする行為が使用不可能な聖域へと事物を移すことであれば、涜聖の動きは「反対に人々の自由な使用へと返還すること」を意味する。アガンベンによれば、こうした働きは自然なものとしては現れず、儀式を通してのみ可能となる。そしてその返還の儀式は「接触」によって行われる。[14]この場では性欲の対象としての女性であるロザネットとの情事に当てはめられるだろう。神聖を汚すとは、神々のために取っておかれたものに儀礼に参加する人間が触れることで、それが神聖でないものに変貌することを意味し、これもひとつの供犠の流れの中に位置付けられる。「神聖な」（sacer）というラテン語の形容詞が、「神聖で侵しがたい」と「不浄で呪われた」という相反する意味を持つように（接触への忌避が共通項となる）、「神聖を汚す」（profanare）という動詞には「犠牲に供する」という意味もある。[15]

ここで注目すべきは、生贄が俗から聖へ、聖から俗へと移行する領域である。そこでは神的領域が人間の領域に脱落しつつあり、人間が神的なものの中に侵入している。トロンシェ通りの部屋は、一度聖化され、そして涜聖される、いずれにせよ儀式の場としての機能を果たした。ロザネットに触れたことは、アルヌー夫人に触れられなかったことと表裏一体である。ロザネットもこの儀式においては、アルヌー夫人への媒介者であった。その意味で、この女性にも夫人の受肉が認められる。フレデリックはしばしばアルヌー夫人を思い浮かべながらロザネットに接する。そこで生じるズレ――ここでは「とても優しい心遣いへの喜び」[16]――は、常に涜聖の悲しいグロテスクをもたらす。また、アルヌー夫人を想定して飾られた時には「スミレ」（des violettes）と特定されていた花は、ロザネットを迎える時にはただの「花」（les fleurs）いう表記になっている。スミレは「謙虚」と「誠実」を象徴し、バラやユリと並んで聖母マリアの花とされる。この固有名詞の消去も、フレデリックの気持ちのズレを表しているといえるだろう。

三　もうひとつの聖化と涜聖――銀の留め金が付いた手箱

涜聖の例としてもうひとつ、「銀の留め金が付いた手箱」に対する神聖化と侮辱が挙げられる。この手箱は、アルヌー夫人を受肉したモノの中でも特に重要な存在感を与えられている。この箱は、アルヌー家に初めて招待された日にフレデリックの目にとまる。

レース紙で覆われたランプの球が乳白色の光を投げ、それが薄紫色の繻子を張った壁の色をやわらげている。大きな扇型の火除け格子を通して、暖炉の炭火が見えた。置時計のそばに銀の留め金のついた手箱（un coffret à fermoirs d'argent）があった。そこかしこに親しみの持てる品々が並べてある。小型ソファーのまんなかに人形がひとつ、椅子の背に肩掛け、仕事机の上には毛糸の編み物があって、その中から象牙の編針が二本、先を下にしてぶら下がっていた。総じて穏やかで、実直で、親しみのある場所だった。（第一部四章、一〇二）

手箱は食後酒の時間帯に、アルヌー夫人の手によって暖炉のある小部屋から皆の前へと運ばれ、「ルネサンス時代の作品で、夫からの贈り物」（同章、一〇五）であることが説明される。夫婦の繋がりを示す手箱は普段、引用文で示される、穏やかで（paisible）、実直で（honnête）、親しみのある（familier）場所に置かれている。この部屋は原文で、«son boudoir»（彼女の小部屋）と書かれている。«boudoir»《ブドワール》は「婦人の私室」[17]を意味し、アルヌー家では控えの間から奥の方に見えるようになっている。手箱が置かれている場所は、半ば開かれたアルヌー夫人の私室であり、「穏やかで実直で親しみのある」という形容は、アルヌー夫人その人の説明としてとらえられるだろう。

手箱はこの後も複数の場面や場所で登場し、重要な役割を果たすことになる。アルヌーの浮気が発覚した時には、アルヌー夫人はこの箱を手にのせて、夫と向かい合う。

> 「とにかく、おまえが勘違いをしていると断言するよ。誓いを立ててろとでも？」
> 「そんなことはしてくださらなくて結構です。」
> 「なぜだ？」
> 夫人は一言も発さずに夫を正面から見据えた。それから手を伸ばして、暖炉の上の銀の手箱（le coffret d'argent）を取り、一枚の勘定書を大きく開いて突きつけた。
> アルヌーは耳まで赤くなり、引きつった顔が膨れた。（第二部二章、二六八）

箱の中に入っていたのは、アルヌーが愛人のロザネットに贈った肩掛けの勘定書である。フレデリックは口論中に部屋に入ってきて、この場面に立ち合う。手箱は、初めて家に来た時と同じく、暖炉の上に置かれている。この箱が、家庭の象徴ともいえる暖炉の上に置かれていることは注目されるべきだろう。フレデリックがアルヌー夫人に魅了されるのは、彼女が「家庭の天使」を完璧に体現しているからだ。夫人は勘定書を手箱に入れており、この場面で蓋を開けて中身を暴く。それは、浮気の証拠を一旦胸に納めた後に、浮気の事実を問いただす夫人のふるまいと呼応する。ここでもこの手箱がアルヌー夫人を受肉するモノであることが確認できるだろう。

ところがこの箱は、いつの間にかアルヌー家を離れていた。それが示されるのは、フレデリックがロザネットの家を訪れた時に見た、次の光景である。

テーブルの上、名刺でいっぱいになっている壺とインクスタンドの間に、彫銀の手箱（un coffret d'argent ciselé）があった。これはアルヌー夫人の小箱だ！　そこで、フレデリックは心を揺り動かされ、同時に、涜聖の侮辱を感じた。その箱に手を触れて、開けてみたい気持ちに襲われたが、人に見られるのを恐れて、そのまま出ていった。（第二部六章、三八八）

手箱を目にした瞬間、フレデリックは大きく「心を揺り動かされる」。この「感動」（un attendrissement）という強い感情の動きを示す表現は、アルヌー夫人が姿を見せる度に喚起される、驚きを伴う陶酔を思い起こさせる。この箱がかつて置かれていたあの親密な家庭の中とは全く違う、名刺という来客の跡が雑然と積み重ねられた場所にあることに、フレデリックは「涜聖の侮辱」（le scandale d'une profanation）を感じる。«scandale»という語は、醜聞、恥辱、言語道断なことや、宗教用語で罪・堕落のもととなる「躓き」の意味を持つ。この部屋は、アルヌー夫人の私室とは対照的な、「控えの間」（antichambre）と呼ばれる玄関脇の待合室である。そのためにフレデリックは人目を気にするのだが、ここで手箱に手を触れられないのは、涜聖の印象によってさらに強められた「聖なるもの」への接触忌避としてもとらえられるだろう。アルヌー家ではない他所に置かれていたことで、夫人のこの箱への受肉は、青年の感覚において明らかになる。«ciselé»（彫刻された）という新たな情報は、フレデリックのまなざしがさらに強化されたことを示す。この場面で、心を揺り動かす感動および涜聖への憤りと共に、「彫銀の手箱」とアルヌー夫人との同一化が完成されたといえるだろう。

　手箱はアルヌー夫人からロザネット、やがてはダンブルーズ夫人へと、フレデリックが関わる三人の女性たちの手に渡るが、青年自身はこの小箱にただの一度も直接触れることはない。この手箱は最終的に、アルヌー家の家財が競売にかけられる場面に姿を見せる。この競売は、フレデリックがアルヌー夫人のために自分に嘘をついて金を借りたことを恨むダンブルーズ夫人と、かつてアルヌー夫人に手ひどく撥ねつけられ復讐を目論むデローリエが、共謀して実現させたものである。アルヌーが破産し、夫人がフランスを去ったという知らせを受けたフレデリックが、ダンブルーズ夫人に促されて心ならずも足を踏み入れることになった競売場は、アルヌー夫人との別離を決定付ける場となる。

> 古物商の前に、銀の円形浮彫りと角々に銀の細工、銀の留め金が付いた小さな手箱（un petit coffret avec des médaillons, des angles et des fermoirs d'argent）が置かれた。それはショワズール通りの家で初めて招待された夕食の時に見たものだ。後にロザネットの家へ行き、またアルヌー夫人へと戻ってきていたのである。夫人と話している時に、フレデリックの目はよくこの箱の上に落ちたものだ。これは自分の一番貴重な思い出に結びついたものだった。心が感動に溶けていた。その時、ダンブルーズ夫人が突然

声を上げた。「そうね、あれを買うわ。」（第三部五章、六〇九）

ここでフレデリックは、ロザネットの家でこの手箱を見た時と同じ「感動」（attendrissement）を覚えている。この名詞の動詞形である«attendrir»は、「気持ちを和らげる」、「優しい気持ちになる」という意味を持つ。この気持ちは、最初にこの箱が置かれていた、アルヌー夫人のブドワールの優しく親しい雰囲気に結びつく。つまりフレデリックの「感動」は、アルヌー夫人の私室、ロザネット邸の控えの間、そして競売場へと、私的な領域から公衆の領域に移っていく三つの場面を繋いでいる。

フレデリックにとって、アルヌー夫人の「一番貴重な」思い出である手箱は、触れることなくただ見つめることで自分の想像世界に所有されていた、親密で私的な道具だった。エマがヴォービエサールの舞踏会で手に入れた「緑色の絹のタバコ入れ」[18]が、豪奢な夢の生活の欠片として、ただ見つめて夢想するための道具という役割を果たしていたように、聖なるモノは美しい夢想を喚起し、崇高な世界への信仰を宿す。ところがそれが競売にかけられることは、それが公共の場に陳列されることを意味する。手箱に加えられたさらに詳細な情報は、フレデリックのまなざしの強まりを示すと同時に、骨董品としての商品価値を強調する。『純な心』における聖体祭の仮祭壇への鸚鵡の奉納は、フェリシテの私的な崇拝の対象が公の共同体へと繋がれることを意味した。しかし競売は反対に、崇拝物が売り場で金銭的値段を付けられる、つまり商品として万人の欲望にさらされる、あまりに明快な涜聖《プロファナシオン》の儀式だった。

フレデリックが入った時には、ペチコートや肩掛けやハンカチ、肌着までが手から手へ渡され、また戻ってきていた。時々、遠くから投げたりして、白いものが突然空中を横切っていく。それから衣装が、帽子が、毛皮類が、三足のハーフブーツが売られていく。――夫人の手足の形までおぼろげに見出されるような、こうした貴重な思い出の品々が分散していくのは、彼女の遺骸をカラスが食いちぎるのを見たように残虐に思えた。（…）こういう品々と一緒に、自分の心の部分部分が運び去られていく気がした。そして同じような声や身振りの単調さが、疲れにぐったりさせ、暗い茫然自失をもたらし、自分が解体されるようだった。（第三部五章、六〇七～六〇八）

競売にかけられるアルヌー夫人の「品々」は、«reliques»と表される。この語は「思い出の品、形見」と共に、「聖遺物」という意味を持つ。それが遺骸の陵辱という非常に強い涜神的イメージで見つめられる。そして全ての品を同列に処理していく競売師の「単調な」作業も、夫人の持ち物が持つ唯一無二の崇高性を蹂躙するものとなり、フレデリックを絶望させる。

アルヌー家の品々の中でも「最も貴重な聖遺物」とされる銀の留め金の手箱への宗教的敬意は、手箱を手に入れようとするダンブルーズ夫人を止めようとフレデリックが発する、「死者の秘密は暴かないほうがいい」（同章、六一〇）という台詞に表れる。手箱に使われる「死者」という表現は、先の引用で見られた「遺骸」の言い換えだろう。この世から彼岸へと移動した者は、もはや触れることのできない聖なる存在である。したがってフレデリックの訴えに対するダンブルーズ夫人の「死んだ人ではないでしょう」（同章、六一〇）という返事は、手箱の聖性の否定となる。値段はつり上げられ、最終的に千フラン（ビアジの注によると約二千六百ユーロ）で落札される。その瞬間、フレデリックは心に「大きく冷たいもの」（同章、六一二）が通り過ぎるのを感じ、ダンブルーズ夫人との決別を選ぶ。夫人が馬車に乗る時の「あたかも泥棒が逃げるかのように」（同章、六一二）という形容は、聖遺物を奪い去る陵辱を犯した者への、フレデリックの視線を反映したものだろう。「銀の留め金が付いた手箱」にはこのように、アルヌー夫人の聖性と、ロザネットとダンブルーズ夫人による聖性の冒涜との対比が反映されている。

競売は涜聖の儀式として、フレデリックの「聖域」を踏み荒らした。翌日には、第二帝政を準備するルイ・ナポレオンのクーデターが起こるが、この歴史的事件は、外的世界から隔絶されたフレデリックの内的世界への没入を浮き彫りにするにすぎない。

ダンブルーズ夫人を憎悪し、（…）ロザネットのことは忘れ、アルヌー夫人のことすら気にせず、ひたすら自分のことばかり考えていた。数々の夢の残骸の中に埋もれ、苦痛と失望でいっぱいで、病人のようだった。（第三部五章、六一一～六一二）

そしてフレデリックは間もなく、アルヌー夫人も思い出の品々も消え去った、残骸としてのパリを後にする。

アルヌー夫人をめぐる聖化も涜聖も、共にこの女性の崇高性を強調する。フレデリックが、アルヌー夫人をいかに宗教的な形象ととらえているかが、その恋愛感情によって執り行われた、一連の「儀式」によって明らかになった。

（1）*Madame Bovary*, 3-11, p.355.
（2）一八四六年八月八日付ルイーズ・コレ宛書簡（*Correspondance*, tome 1, p.282, p.284）。
（3）*Madame Bovary*, 3-5, p.270.
（4）「フェティッシュ」は十六世紀に生まれたポルトガル語で、呪いや魔術を意味する「フェイティソ」に由来している。フランス語に入ったのは十八世紀である（ポール＝ロラン・アスン『フェティシズム』西尾彰泰・守谷てるみ訳、白水社〈文庫クセジュ〉、二〇〇八年、一七〜一八頁参照）。最初の現代的フェティシズムは「信仰の対象物が、神体化された生物または無生物、神徳を授けられた何かになってしまった宗教の形態」（同書、一三頁）と定義される。
（5）ジョルジョ・アガンベン「瀆神礼賛」、『瀆神』堤康徳・上村忠男訳、月曜社、二〇〇五年、一〇七〜一〇八頁。
（6）レオンがエマに決して近付けない諦めを感じた時、「夫人は肉体の美しさを抜け出し」、「天人の天翔るあの荘厳もさながらに、彼の心にいよいよ高く昇り、その心から離れ去る」ことで、「人の世の営みを妨げることのない純粋な感情」をもたらす。それはエマを「日常を超越した世界に置く」こととされる。（*Madame Bovary*, 2-5, p.109.）
（7）マトーは「二人の間には、果てしない海の目に見えない波のようなものが漂っている、あの女は遠くにいてとても近付けぬ」と感じ、「時々、一度もあの女を見たことがなく、存在しないもののような、何もかもが夢だったように思われる！」と絶望する（*Salammbô*, 5, p.51.）。
（8）エドマンド・バーク、前掲書、八九〜九〇頁参照。
（9）拙著『フロベールの聖〈領域〉――「三つの物語」を読む』、前掲書、一四八〜一四九頁参照。
（10）*Trois contes*, p.76.
（11）聖堂や寺院の建立もこうした信仰心を基盤としてきたといえるだろう。フレデリックの金銭はアルヌー夫人と共に過ごす理想世界にのみ捧げられる。本書第八章「金銭と崇高」参照。

(12)マトーとサラムボーが相まみえる戦場のテントも聖体祭の仮祭壇も、共に一時的に設置される場で、真の所有物ではない、現実と非現実の合間に吊された空間である。
(13)この場面の直前、今にも暴動が始まろうとしている時に、フレデリックはふと思いついてロザネットの家に入り、「ぼくも流行に従いますよ、改革だ」(第二部六章、四二一)と、この女性と長椅子に倒れ込む。政治的行動に背を向けて荘重に準備されたアルヌー夫人との関係と、政情にあやかって思いつきで結ぶ関係とが、ここでも対比される。
(14)アガンベン、前掲書、一〇七頁参照。
(15)同書、一一二頁参照。
(16)スミレの花束は、同じ第二部六章(三八八)、フレデリックが夫人と逢引の約束を得るほど親しくなる前の時期に、久しぶりに会ったアルヌー夫人の帽子に飾られていた。本書第四章一〇〇頁参照。
(17)ブドワールは、«bouder»(不機嫌になる)という動詞から派生しており、女性が周囲と距離を置くための部屋=私室となった。ブドワールは比較的裕福な家にあり、この後夫妻が引っ越す庶民的な家にはもはやその場所はない。
(18)「緑色の絹で全体が縁取られ、偽装馬車の扉のように中央に定紋を打ったタバコ入れ」(第一部八章)は、舞踏会後にますます味気ないものとなった日々の中で、エマの長い夢想を誘う:「エマはじっとそれに見入り、中をあけ、馬鞭草入りの香水とタバコの香の混ざった裏地の匂いまでかいだ。これは誰のものかしら? きっと子爵のだわ。恋人からの贈り物かもしれない。紫檀の刺繡台で縫われたのだ。それは長い時間をかけながら思いを込めて縫う人の、柔らかい巻き毛がかかった、誰にも見せないかわいい道具なのだろう。恋の息吹が布地の間に通ったのだ。一針一針がそこに希望や追憶を縫い込んだのだ。そしてこの絡み合った絹糸は全て、一筋に続く変わることのない無言の情熱なのだ。(…)」(*Madame Bovary*, I-9, p.58.)

第六章　崇敬と情欲、卑俗と崇高

神の愛を示すアガペーと性愛を示すエロス[1]は、共に崇高な愛を示す。前者は神から人間にもたらされる無償で無限の愛であり、後者は愛する対象への憧憬を限りなく高めながら崇拝へと向かっていく愛を示す。[2]恋愛と宗教とは本来密接に結びつき、共に人間を高めるものと見なされていた。しかしキリスト教の歴史において、肉体は罪に、精神は崇高に結びつけられ、肉体的欲求を伴う恋愛と、神へと向かう信仰とは長らく対置されてきた。

たとえばフランスで長く読み継がれてきた『アベラールとエロイーズの往復書簡[3]』（十二世紀）では、キリスト教神学者で論理学者でもあるアベラールが、恋愛を肉欲として退け神への信仰を促すように諭す長文の書簡をエロイーズに書き送る。[4]しかしアベラールを激しく愛したエロイーズは、師の教えに反旗を翻し、官能的な欲望をも崇高なものとしてとらえ、情欲と信仰とを同列に扱う。[5]フロベールは『紋切型辞典』の「アベラール」の項目に、「彼の哲学について何らかの考えを持つ必要は全くなく、著作のタイトルを知る必要もない[6]」と記している。この辞典にエロイーズの項目はないが、フロベールもエロイーズと同じように、性愛と宗教的な愛を同等のものと見ていたと考えられる。

この往復書簡が交わされた十二世紀に恋愛が誕生したとされるが、(7) その背景には騎士道精神の発達があり、いわゆるプラトニック・ラブ、つまり高貴な精神的愛が尊ばれた。ただしプラトニック・ラブは肉体的な接触を否定するものではなかった。恋愛の本質は愛する相手に値する人間になるよう努力することで自分の人格を高めることにあり、キリスト教徒として善良あるいは立派な人物になるためには、肉体的な接触を含めた恋愛が必須という考え方があった。恋愛を拒絶する者は、情欲にまみれた者よりも悲惨と見なされたほどである。(8) それでも禁欲を旨とする宗教と、情欲を刺激する恋愛とは相容れないとする伝統は続く。特に社会秩序の維持のために宗教道徳や倫理が重視された十九世紀において、その区別が厳格だったのは、本書第二章で見た通りである。

『ボヴァリー夫人』裁判において、風俗紊乱および宗教侮辱の廉で問題視された箇所の一つは、宗教儀式とエマの官能的な欲望とが渾然一体と描かれる場面である。その一方で、ロマン主義文学では恋愛感情に宗教性を付与する言葉が溢れ、両者がイメージ上の崇高性で結びつけられていた。しかしフロベールが芸術に求めたのは、宗教と恋愛感情とを安易に結びつけることでも対立させることでもなく、最も自然で詩的な感情とされる宗教感情や恋愛の情熱をはじめとして、人間の中に渦巻く複雑な感情感覚を、決して分類されるものではなく融合しているものとして描き出すことだった。

ぼくは、心、精神、形式、内容、魂、肉体といった区別を一切認めません。全ては人間というものの中で一つに結ばれているのですから。(9)

『感情教育』においても、信仰と情欲、アルヌー夫人とロザネット、あるいはそれぞれの女性が孕む聖性と性的な力は、対立するのではなく連動する。フロベールは青年のナルシスティックな情熱を通して、崇高の可能性を多角的に描き出す。

一　聖なる女性

すでに見たように、アルヌー夫人は常に光に包まれ、ファーストネームの「マリー」も「アンジェール」も、聖母マリアや天使の聖性を与えられていた。アルヌー夫人の前身とされる『狂人の手記』のマリアも、『十一月』のマリーも同じ聖母の名前を持つ。『感情教育』には、この名前の重要性を印象付ける場面がある。

第二部四章、貴族の青年シジーの主催による黄金亭《メゾン・ドール》での晩餐で、この青年とフレデリックが口論する。話題にのぼったアルヌーを詐欺師扱いするシジーに対して、フレデリックはまずアルヌーを擁護し、次いで夫人への侮辱に激昂する。

「あなたはぼくを怒らせたいのか?」

「いや、全く。あの男にもとてもいいところがあるから、その点では君に賛成するよ。いいところ、つまり奴の妻だね。」

「あの人を知っているのか？」

「もちろん。ソフィー・アルヌー、誰でもそれのことを知ってるさ！」

「なんだって？」

立ち上がっていたシジーは、口ごもりながら繰り返した。

「誰でもそれを知っている！」

「黙れ。あの人は君の付き合う女とは違うんだ」

「だといいがな」

フレデリックは相手の顔に、自分の皿を投げつけた。（第二部四章、三四〇）

フレデリックは下世話な世間話として軽々しくアルヌー夫人の名前を出されたことに、そしてその神聖な名前の誤りに激昂する。ソフィー・アルヌーは当時の流行歌手の名で、シジーはアルヌーという同一の苗字から名前を取り違えたのである。加えて、モノを指す「それ」（ça）という代名詞を用い、その呼び主を「誰でも」（tout le monde）と一般化することで、アルヌー夫人を公衆の世界へと引き下げている。この短い台詞に盛り込まれた侮蔑は、フレデリックを涜聖の怒りで満たし、シジーとの決闘の引き金となる。フレデリックはその後、マリーという名を、「恍惚として吐息のように口から漏れるためにできた名で、その中には芳香が漂い撒かれた薔薇がひそんでいるよう」（第二部六章、四〇六）と、ロマン主義的なイメージで満たすことになる。しかし唯一無二の存在であるマリー・アルヌーは、「アルヌー夫人」つまりジャック・アルヌーの奥方と呼ばれる、人妻であり母である。彼女をひととき「マリー」と呼ぶ時期もあるが、[10]フレデリックは物語を通じて、妄想においても、「アルヌー夫人」という呼称を使う。

風紀が重んじられ世間の監視が強まった十九世紀ブルジョワ社会の倫理観は、「～夫人」という呼び名に象徴的に示される。この呼び名にはモラルの重みがかかっており、単に結婚相手の姓を示すだけではなく、それに違反すれば罪の対象となる規範の象徴でもあり、そのタブーを犯すことで期待される、物語的な快楽も内包する。「ボヴァリー夫人」という呼称を、ロドルフは「世間の通り名にすぎない他人の名前」[11]という個性と自由を失った名とし、レオンは「〈社交界の夫人〉（*une femme du monde*）、人妻！　つまり真の情婦ではないか？」[12]と情欲を燃やす対象とする。人妻との恋愛は、この時代に流行した恋愛物語の典型であり、文学好きなフレデリックとっても、すでに型として用意されていた神話へ自らを当てはめる喜びをもたらすものだった。

フレデリックがアルヌー夫人との関係に二の足を踏むのは、気の弱さからであって、倫理観からというわけではなかった。しかしアルヌー夫人の最大の魅力は、愛人になることなど絶対に不可能だと思わせるほどの、堅固な貞節と真摯な気立てにある。フレデリックが恋愛感情についての話題を向けると、夫人は「情熱から生じた厄災には同情し、偽善的で下劣な言動には憤慨」する。そして「こうしたまっすぐな気性は顔立ちの端正な美しさとよく調和して、その美しさも心から拡がっているように」思われる（第一部五章、一五五）。フレデリックが思い描く幸福も、彼女の愛人になるというよりも、彼女がいる家庭に自分を置いてみる情景なのである。[13]

フレデリックがパリ郊外にアルヌーが作った陶器工場を訪れた際、主人が不在の一室でミュッセの詩集を手に愛を説こうとすると、夫人は「そのようなことはいつも不倫か不自然なことばかり」と話を退け、次のような会話を交わす。


「それではあなたは男が……ひとりの女性を愛することをお認めにならないのですか？」

「その女性が結婚できる相手だったら結婚します。もし他の人のものであったら離れます。」

「それでは、幸福は不可能なのでしょうか？」

「そうは申しません。でも、嘘や不安や後悔の中には決して幸福などありませんわ。」

「それが何でしょう。もし崇高な喜びで報われるのであればどうでしょうか」

「そのようなことを試したら、大変なことになります。」

「では、美徳は臆病ということなのですか。」

「先がよく見えるとおっしゃってください。義務や宗教をぞんざいにする女性でも、少しでも良識があればそれでじゅうぶんなのです。結局、自分の身を守るには利己主義が大切なのですわ。」

「ああ、なんとブルジョワくさい格言でしょう！」

「わたくし、上流階級の貴婦人ではございませんから。」（第二部三章、三〇九）

フレデリックが「崇高な喜び」（des joies sublimes）や「美徳」（la vertu）という詩的な言葉で愛情を語ろうとするのに対し、アルヌー夫人は「義務」（le devoir）や「良識」（le bon sens）といった実務的な言葉で応酬する。夫人は「宗教」（la religion）という言葉を「義務」や「良識」と同列に扱い、さらに「上流階級の貴婦人」（une grande dame）という小説的な表現を、皮肉をこめて使っている。この会話の後、だめ押しをするかのように、夫人は部屋の入り口のところに二人の子どもと一緒に立ち、家庭の妻であり母という構図を家のドア枠の中に提示して、無言でフレデリックの退出を見送る。人妻としての貞節を前面に出した、取りつく島もないこうした返答の連なりに、フレデリックは「果てしなく茫然とした気持ち」になり、「深淵に落ちてもう助からない人間」（同章、三一〇）のように意気消沈し、夫人との間に無限の深淵を再確認する。夫人はこの場面の前にも「仕事をしなさい、結婚しなさい」と「親切な助言」をし、青年を苦笑いさせていた（第二部三章、二七二）。

この女性は、人妻としての義務を断固として掲げ、高い自尊心[14]に支えられ、若い男性に教えを垂れる道徳心を備えている。アルヌー夫人は常にフレデリックに命令し、青年はそれに従う。フレデリックにとっては夫人自身が、違反を許さない法や規範のような存在になっているともいえる。青年の情熱を向けられる人妻として、アルヌー夫人は『赤と黒』のレナール夫人や、特に『谷間の百合』のモルソーフ夫人と並べられることが多い。しかし妻や母としての務めと欲望との間で逡巡する彼女たちに対して、アルヌー夫人はその高潔さを保ち続けているように見える。しかしそれはこの作品の視点がほぼフレデリックに限られ、その貞節に憧れと畏れを抱く青年の視点からのみこの女性が描かれているからだという点には留意しておくべきだろう。

二人がオートゥイユで心を通わせ、夫人が恋心に満たされる時も、アルヌー夫人の姿は次のように描かれる。

それに、彼女は思慮と穏やかな愛情の時期である、女の秋に入っていた。この年頃は、始まりかけた

> 円熟に目の色もより深い光を帯び、情熱と人生経験が溶け合い、花が咲く季節が終わろうとする頃、全人格が美の調和の中に溢れるばかりに表れる時なのだ。今まで彼女がこれほど優しく、これほど情に厚かったことはない。決して身を過たないという確信から、これまでの苦しみから獲得した当然の権利と思われる気持ちに、身を委ねるのだった。（傍点筆者、二部六章、四〇六）

女性の円熟味を語るこの一節にはフロベールの美意識が色濃く反映されており、アルヌー夫人の感覚が示される数少ない箇所ともなっている。この調和の取れた美しさを醸し出しているのは、「自分は決して不貞を犯すことがないという確信」である。実際にアルヌー夫人は「少しも相手の恋心をそそろうとしない」（同）し、フレデリックもこの状況を失うことを恐れて、「夫人の方から身を任せてほしいから自分からは手を出したくない」（同章、四〇七）という態度を貫く。つまり夫人の貞淑への意識の強さと、その貞淑さに向けられた青年の畏れと敬意が調和することで、アルヌー夫人の豊かな美しさが引き出されている。これは、ボヴァリー夫人がロドルフとの姦通に浸りきり、夢想を実現する欲望に燃えている時の様子と対照的である。

> この時期ほどボヴァリー夫人が美しかったことはない。喜びと熱情と成功から生じるあの何ともいえない美しさ、気質と境遇の調和である。彼女の欲望、悲痛、快楽の経験や、いつも新鮮な夢想が、肥料や雨や風や太陽が花を育てるように、彼女を次第に成長させ、ようやくその天性いっぱいに花開いた。[15]

アルヌー夫人もボヴァリー夫人も、共に「最も美しい時期」にあり、環境と自分の気持ちとを調和させており、これまでの苦しみを贖う勝利の喜びを得て、生の絶頂期を迎えている。ところがボヴァリー夫人は不貞によって、アルヌー夫人は貞節によって、そこにいる。前者を見つめるのは夫のシャルルであり、後者にはいわばプラトニックな愛人の立場にあるフレデリックの視線が注がれている。興味深いのは、二人の視点人物が愛する女性の美しさに対して、肉体的な欲望より精神的な愛情を強く感じている点である。シャルルは妻を「新婚当時のように」魅力的だと感じ、フレデリックは「官能（les sens）よりも心（le cœur）を」掻き乱されている。

フレデリックは常にアルヌー夫人の性的なイメージを取り払おうとしている。アルヌーが妻の肉体的な魅力を口に出すと、青年は即座に不愉快さを露わにしてその場を去り、相手を戸惑わせる。『狂人の手記』の人妻マリアに対しても、主人公は「あらゆる官能的欲望の考えを脇にそらせる、何か全き神秘的な感覚」[16]に包まれていた。しかしフレデリックが夫人に肉体的な欲望を抱いていないわけではないし、官能的な側面がアルヌー夫人から完全に欠落しているわけでもない。

そもそも夫人の容貌には、フロベールが東方旅行で出会った娼婦クシウク＝ハーネムの描写が使われている。「クシウク＝ハーネムが自分を待っていた。ぼくは頭を上げて彼女を見た。それはひとつの幻のようだった。」[17]から始まる一連の描写で、娼婦は青い空を背景に光に包まれており、大きな黒い目、黒い睫、黒い髪が描かれる。この描写はアルヌー夫人の「出現」の場面を想起させる。『感情教育』に描かれる愛のうち、性愛の部分は後述するように主にロザネットが担うことになるが、ロザネットの役割もアルヌー夫人が孕む性的な魅力と連動するものといえる。

すでに触れたように、性的欲望と畏怖の念とは本来切り離されたものではなく、密接に繋がっている。情欲と崇高に関する考察が深められた十二世紀において、アベラールの論敵だったクレルヴォーのベルナール（聖ベルナール）[18]は、愛とは本能的に求められる他者への情熱と欲望であり、そこに生まれる苦悩と喜びが崇高な愛へと繋げられると説いた。[19]この教会博士によれば、霊の愛には肉の愛が先行する。情欲と信仰は表裏一体であり、相手に身を捧げる情念が、崇高への信仰を育む。フレデリックの、結果としてプラトニックな愛も、激しい情欲に裏打ちされているのである。[20]

本能的な性衝動には常に、何か人知を超えたものへの不安や恐れが付随する。無邪気に進んで身を任せてくるルイーズを前にフレデリックは「一種の畏れ（une peur）」（第二部五章、三七九）に打たれるし、物語最終場面の「トルコ女の家」でも「未知のものに対する不安と一種の後悔と喜び」（第三部七章、六二六）を同時に感じて動けなくなる。フレデリックは性的なイメージを避けてはいるが、肉体的な欲望が刺激されるからこそ、タブーとしての聖性が強く意識されると考えられる。フレデリックの恋愛感情は、共に宗教的光輝を強調する畏敬の念と情欲との葛藤の内に継続していくものだといえるだろう。

二　アルヌー夫人を覆う布

フレデリックがアルヌー夫人に対して触れたいと欲するのは、不可触の肌ではなく、肌を覆う衣服である。夫人が自分の家を訪ねてきてくれた時には、彼女が身に付けている衣服を詳細に観察し、その「黒ビロードのマントを縁取る貂の毛皮を手で撫でたい」（第二部三章、二九二）と欲望する。アルヌー夫人が身に着けているものについてはしばしば、フレデリックの視線から布地や色などが説明される。最初にアルヌー家を訪れた夜、夫人は「黒ビロードの衣装を着て、髪には赤い絹糸のアルジェリア風の網をかけ、それが櫛に絡みながら左肩の上に落ちて」いた（第一部四章、一〇二）。想像世界の中でも、夫人は様々な衣装を身にまとっている。そしてその姿は常に少し距離を取った状態で思い描かれる。

フレデリックは衣服を着ている姿でしかアルヌー夫人を思い浮かべることができなかった。それほど慎みはこの人に当然のものに思え、性は神秘的な影の中に退いてしまっていた。（第一部五章、一三五）

フレデリックはアルヌー夫人の部分的な身体ではなく、衣服に包まれた全体像を、その雰囲気と共に想像する。ジャン＝ピエール・リシャールによると、衣服は他者の欲望から肉体を守る障壁になると同時に肉体に個性を付与するしるしにもなり、禁じられた愛にまつわる聖性を示して、見えない肉体を理想化する役割を果たす。[21] ヴァルター・ベンヤミンも「身体を覆うヴェールを外すことの不可能性」を論じ、「秘密の中にこそ美の神的な根拠がある」[22]と指摘している。フレデリックにとって、聖なる存在であるアルヌー夫人は、常に神秘的な膜に包まれているべき存在だった。最後の逢瀬の場面でも、フレデリックは「衣服を通して、夫人の身体全体が漠然と触れてくる心地」（傍点筆者、第三部六章、六一九）に満たされる。欲望を募らせながらも手を伸ばすことがままならない、欲望と畏怖との狭間で身動きが取れなくなる感覚も、衣服によって描かれる。

清らかな横顔が影の中にほの白く浮き上がる。（…）それに、ある種の宗教的な畏怖からもそう（足元に身を投げ出すこと）はできなかった。暗闇に混じり合っている夫人の衣服は並外れて長く、果てしなく広がり、持ち上げることができないものに見える。そして明らかにそのために、自分の欲情は倍増していた。（第二部三章、三〇九）

アルヌー夫人を前にして動くことができない理由として、ここで明確に「宗教的な畏怖」（une sorte de crainte religieuse）が語られる。夫人の肉体を覆う衣服は、「並外れた」（démesurée）、「果てしない」（infinie）、「持ち上がらない」（insoulevable）という、超自然現象を示唆する言葉で説明される。衣服へ向けられる視線は、薄闇の中で人間の範疇の外に超える存在感に釘付けになっている。この不可侵性が、禁止による欲望を掻き立てる。タブー（tabu）の原語はポリネシア語で、ラテン語の«sacer»《サケル》（聖なる）の意味を持つ。これらの語が示す「接触禁止」に、最も原始的な接触への欲望が併置されることは、フロイトによって指摘されている。[23] タブーは、人が聖なるものの前で接触の欲望に掻き立てられながら、畏怖の念によってそれを抑えることで成立し、そこに宗教の原点があるという。夫人の肌を覆う衣服はタブーそのものを象徴し、それを見つめるフレデリックの欲望と崇敬とがせめぎ合う場となっている。

アルヌー夫人の方も、自分を覆う布をフレデリックに自ら差し出している。夫人は「決して危険には踏み込まないという黙約」（第二部六章、四〇四）、つまり肉体を許すことはないという約束を前提としながら、自分の手袋やハンカチを青年に与える。手袋を渡す直前の場面では、フレデリックが夫人の手をとり、

「静脈の筋や皮膚のきめ、指の形など」を眺め、「その指の一つ一つが、指というより生きた人間のように」（同章、四〇六）思えていた。手は肉体の換喩となっており、手袋はそれを覆う衣となる。フロベールは、手袋は顔に付ける白粉のように現実の手の色を見えなくすることでその手を理想化すると考えており、手袋をした手ほど欲望をそそるものはないと述べている。[24]フレデリックの手に渡った手袋は、アルヌー夫人の手が入っていた容れ物としてこの女性の一部とされると共に、その手＝その人を理想化する道具としての役割も果たす。この「半分石（理想の型としての彫刻）で、半分生身の女性」[25]の道具は、そこに包まれた神秘的な生を活性化させ、限りなく官能を刺激する。

ハンカチもまた、女性の肌、手や口元を覆う小さな布である。フレデリックは、夫アルヌーの浮気と乱暴な態度に傷ついたアルヌー夫人のハンカチに、自分自身を投入したい欲望を感じる。

かつてこれほどアルヌー夫人が魅力的で、心底から美しく見えたことはなかった。時々、呼吸するたびに、彼女の胸がふくらんだ。見据えている二つの目が、内心の幻影に見開かれているようで、口は魂を差し出すかのように半開きだった。時折、彼女はハンカチを強く唇に押しあてた。フレデリックはできることなら、涙にすっかり濡れたこの白麻の小片になりたかった。（第二部二章、二七〇）

ここには夫人の唇や涙に触れたいという性的な欲求が描かれているが、布との一体化によってというところに、フレデリックのフェティッシュな嗜好が見える。フロベールが、ルイーズ・コレの鼻血が染みたハンカチを大切に持っていたことはすでに見たが、[26]ハンカチは、この作家が愛したシェイクスピアの『オセロー』[27]（一六八二）をはじめ、様々な文学作品で愛の小道具として使われる、いわば紋切型の愛のしるしと考えられる。

愛する女性の身体を包むものは、その中にある存在の神秘性を強調する。肌に触れるのではなく、肌に触れているものに触れることを望むフレデリックは、布という妄想と現実との境界領域において、崇高なものに触れようとしているのである。

三　二つの旋律

フレデリックは、自分はアルヌー夫人に「貴重で、気高く、強い」（第一部五章、一四四）情熱を燃やしていて、すぐに関係を持つ世間的な恋愛には関心がないと独白するが、他方で対象への不可侵性は飢えと欠乏感をもたらし、その情熱は、より簡単に触れることのできる他の対象へと向かう。

宗教的な情熱を唯一無二の特別な女性に捧げると言いながら、その恋心は、爆発するように高まる時もあれば、時に限りなく弱まるという、波のような流動性を持つ。パリから離れて田舎暮らしを続けているうちに、アルヌー夫人が「もう死んだ人で、その人のお墓を知らないのが不思議に思われる」（第一部六章、一七三）ほど遠ざかる境地にも入るし、トロンシェ通りの部屋で会う機会が失われた時は、恋心が「嵐に吹き飛ばされた木の葉のように消え去った」（第二部六章、四一九）こともある。意趣返しのこともあれば、日々強まる欠乏感を満たそうとする行為のこともあるが、アルヌー夫人への気持ちは時にデローリエとの友情へ、そして他の女性たちとの関係へと振り替えられる。それは、エピローグでフレデリック自身によって、「自分はまっすぐ一本の道を歩き損ねた」（第三部七章、六二四）と回想される。中でもロザネットは、アルヌー夫人との関わりの中でとりわけ重要な役割を果たしている。[28] 夫の姓を伴う社会的な名で呼ばれるアルヌー夫人やダンブルーズ夫人に対して、ロザネットは「ローズ＝アネット・ブロン嬢」という源氏名を縮めた呼び名を持つ、ブルジョワ社会の秩序の外縁[29]にいる女性である。

娼婦ロザネットと人妻アルヌー夫人という、一見交わることのないような対照的な二人の女性だが、フレデリックの生活においては二人の存在感が絡まり合い、ロザネットがアルヌー夫人の魅力を補い増幅させるような役割を担うようになっていく。

この二人の女性との交際は、フレデリックの生活で二つの音楽のようだった。一つは陽気かつ情熱的で面白く、もう一つは荘重でほとんど宗教的だった。そして、この二つの音が同時に響き、次第に高まり、少しずつ溶け合ってきた。アルヌー夫人の指先が少し彼の身体に触れたりすると、ただちにもう一人の女性の姿が彼の情欲の前に現れた。そちらには近付ける可能性があったからだ。またロザネットと一緒にいて何か心が動かされると、すぐに崇高な愛が思い出されるのだった。（第二部二章、二四〇）

対置される二つの情熱は、分離されるのではなく、「音楽のように」連なり調和する。そもそもフレデリックが、アルヌー家とロザネット邸という「二つの家に同時に通う」（同章、二三八）ようになるのは、ロザネットと関係を持っていたアルヌーが、愛人の家にも自宅にもしばしばフレデリックを招いていたことに端を発する。アルヌーが二つの家に同じ家具や同じ小物を行き来させており、その環境の類似がこの感覚をもたらしたのである。

フレデリックの情熱は、宗教的な崇敬を夫人に捧げながらも、基本的にナルシスティックでエゴイストな性質を持っている。『感情教育』においては、スタンダールの『恋愛論』のように愛の種類が分けられることはなく、異なる性質の愛が時に交互に、時に同時に響き合う。娼婦として、ロザネットは肉体的な愛の対象となるが、そこには性欲だけではなくアルヌー夫人に向けられていた愛情も入り込み、やがて妊娠によって、アルヌー夫人に特権的だった母性も体現することになる。そして「本来の自分の役割を裏切り」（第三部四章、五七八）、良識を備えたブルジョワ女性のような生真面目さを見せるようになっていく。

『作業手帳』には、「貞淑な妻が娼婦になる欲求、娼婦が上流社会の女性になる欲求」[30]という記述と、「娼婦が徳高く宗教的になり、モロー夫人（後のアルヌー夫人）が反対に美徳を損ねて全てを否認するに至る」[31]という説明がある。「否認する」を意味する «renier» という動詞は、「神を冒涜する」という意味も持つ。ロザネットとアルヌー夫人は、構想の段階から、聖性と涜神性とを分担するのではなく交錯させていた。貞潔な女性か姦通する女性かは、人物設定の重要な判断基準となるが、表裏一体のものでもある。たとえば『ボヴァリー夫人』でも、構想の段階ではエマが生涯処女を貫くと設定され、後に姦通する女性とされている。反対にアルヌー夫人は、プランの段階では愛人を作る＝姦通する女性と設定され、後に貞潔な女性に変更されている。ただしアルヌー夫人に見出される聖性は絶対的なものではなく、フレデリックはアルヌーのような野卑な男の妻としてこの女性の品位を疑うこともあれば、その印象に俗っぽさを感じることもある。成熟した貞潔な人妻と野生的で奔放な娼婦は、フレデリックにとって、聖性と卑俗性を混在させる存在となる。

フレデリックは二人の女性に対する欲望を、「この（ロザネットを所有したい）欲望が、また別の（アルヌー夫人に会う）欲望を呼びさます」（第二部二章、二二二）と、連動させる。この動きが高じると、自分の中を巡る欲望がますます混乱をきたす。競馬場でロザネットといる所を夫人に見られると、大きな愛が失われたと絶望しながらもう一方の陽気で手軽な愛はそばにあると考え、「様々な矛盾した欲望に責められ、自分が何を望んでいるのかわからなくなり」（第二部四章、三二〇）、果てしない疲労を感じる。「二つの欲望」ではなく、複数形の「矛盾する欲望」（désirs contradictoires）となっていることから、元は二つだった旋律が複雑に呼応し、欲望の響きを増幅させているのがわかる。それでもやはり混沌とした渦の中心にはアルヌー夫人がいる。ロザネットと一緒に歩きながら腕の重みと衣服の裾のはためきに夫人を思い出すと、もはやロザネットを「見もしないし考えもしない」（第二部二章、二四九）で夫人の記憶に没入し、夫人を思い浮かべながらもう一方の女性に「なぜこれほど苦しめるのか」（第二部四章、三二三）と囁く。しかしながら、ロザネットは常に二番手に定められているわけではない。

四　もうひとつの崇高――ロザネット

フレデリックの情熱が心も身体も完全なる充足感に満たされるのは、ロザネットと共にフォンテーヌブローの森で過ごす数日である。畏怖の念を喚起する自然の力がこの女性の体に溶かし込まれ、フレデリックとロザネットと周囲の世界とが渾然一体となって、時間の流れを満たしていく。

森の厳かな空気が彼らをとらえた。何時間も黙ったままで、馬車の振動に揺られるままで、静かな陶酔の中に浸っていた。腕を腰にまわして、彼女の話を聞きながら鳥のさえずりを耳にし、帽子を飾る黒ぶどうや杜松の実、ヴェールのひだや渦巻形の雲を同時に見ていた。彼女の方に身を傾けると、その肌の瑞々しさが森の強い香りと混じり合った。二人はあらゆるものに心を浮き立たせていた。

（…）

一生の終わりまで自分が幸福であることが確信されていた。それほどこの幸福は当然なもので、自分の命とこの女性の身体の中にこもっているように思われた。（…）おそらくそれは周囲のものの反映にすぎなかったのか、あるいはそういうものの密かな潜在力がこのような新たな美を開花させたのか。（第三部一章、四八四～四八六）

森の中で味わわれる「静かな陶酔」の中で、ロザネットは野生の美しさを発散する。幸福の確信は現在から未来まで広がり、自分の命とロザネットの身体に充溢する。アルヌー夫人の時には視線を通して生まれた陶酔感が、ロザネットに対しては、より肉体的な感覚である嗅覚や空気の肌触りによって得られる。アルヌー夫人への情熱は現在ではなく、過去や未来の可能性の中で燃えていたが、ロザネットに対しては「今」が全てを満たしている。アルヌー夫人と共にいる時は、たとえ幸福に包まれていてもそれは「完全な幸福の前味」とされ、手を触れられない崇高の対象へと向かう過程に生じる快さだったが、ロザネットと共にいる時は心身が共に充足される。

野原の真ん中で休憩を取る時には、「草の中に腹ばいになって顔と顔をつきあわせ、じっと見つめ合い、自分の姿を求めるように互いの瞳の中を探り、堪能して」（第三部一章、四八六）、やがて目と口を閉じる。目を瞑った状態で感じ取られるのは、草の感触、匂い、そして音ばかりであるだろう。互いの目を見つめ合っても、アルヌー夫人に感じたような宗教的な恍惚感が訪れることはない。しかしここでは、外気の中に満ち足りた二人が溶け込んでいる。彼らが味わう「堪能」（s'assouvir）は、「激しい感情や本能的な欲求を満足させる」という意味を持つ。これは動物的な欲求が、互いに満たされている状態だといえるだろう。

ロザネットは常に動物的な美しさを見せる。一晩中続いた仮装舞踏会の後でも、「風呂から出てきたばかりのように瑞々しい」姿で、ばら色の頬と輝く目を見せ、髪をふりほどいて「羊毛のように」身体のまわりに垂らす（第二部一章、二二二）。ロザネットは本能的に周囲の男たちに媚びを振りまくが、彼らを篭絡させるための策略は持たない。自宅でフレデリックを迎える時にも、子どもや動物のようなふるまいで青年を魅了する。

ロザネットは誰よりもよく騒ぎ、ふざけた思いつきに長けていて、四つ足になって走ったり、木綿の帽子をかぶって奇妙な格好をしたりした。（…）しばしば、読んだ言葉の説明をフレデリックに求めるが、返事を聞いてはいなかった。すぐに別の思い付きに移り、質問を重ねてくる。陽気さを爆発させたかと思うと、子どものように怒ったりした。そうかと思うと、暖炉の前の床に座り、うなだれ、両手で膝を抱いて、凍えた蛇よりも無気力に、ぼんやりしていた。少しもかまわずに青年の前で服を変え、絹の靴下をゆっくり脱ぎ、震える水の精のように身体をそらしつつ、ざぶざぶ顔を洗った。白い歯を見せる笑い方、目の輝き、美しさ、快活さはフレデリックを眩惑し、神経を刺激した。（第二

部二章、二三八〜二三九）

ロザネットは自分が思いつくままに行動する。それが獣のように、蛇のように、水の精のように、予測のつかない動きをもたらし、見る者を惹きつける。蛇は誘惑者の象徴であり、「水の精」を示す「ナイアド」（une naïade）は、水辺に美しい男性を見つけては水に引き込むギリシャ神話のニンフ、ナイアスを意味する。これらの比喩は、自然を象徴するこの女性の神話的かつ性的魅力を強調すると共に、紋切型の表現ともなっている。ロザネットの動物的な魅力は、心というよりも生物的な器官である「神経」（les nerfs）を刺激する。「刺激する」の«fouetter»という語は「鞭で打つ」という意味も持っており、引用文冒頭の四つ足での騒ぎにも繋げられるだろう。

『感情教育』には、動物的な美しさを見せる女性がもう一人いる。フレデリックの母が住むノジャンの隣人である、ロック老人の娘のルイーズである。この「野生の若い動物のような美しさ（une grâce de jeune bête sauvage）」（第一部五章、一六四）を持つ娘は、獣のような無邪気さでフレデリックに恋心を向け、青年に甘美な喜びをもたらす。しかし大きな青い目をした田舎娘は、若すぎ未熟すぎるがゆえに青年の愛の対象とはならない。

小さい頃から、ルイーズはある宗教の純粋さと同時に本能の激しさを持つ、あの子どもの愛情にとらわれていた。フレデリックは仲間であり、兄であり、師でもあって、精神を楽しませてくれて、胸をときめかせてくれて、いつの間にか彼女の奥底に、潜在的に続いていく陶酔感を注いでいた。

（…）そこにいないことで、青年は思い出の中で理想化された。フレデリックは後光のようなものを伴って戻ってきた。ルイーズは彼に会える幸せに無邪気に浸るのだった。（第二部五章、三七七）

ルイーズの愛情は、「ある宗教の純粋さ」（la pureté d'une religion）を備えた情熱である。「宗教の純粋さ」とは、直感的に崇高な光へと身を捧げようとする、単純な心の動きを示している。すでに見たように、ルイーズは少年フロベールの女友達をモデルとしており、純朴な愛情は「野性的な崇高」(32)の表れとして作家の心を打っていた。しかしこの少女と、多くの試練を経て男性たちと関係を持ち性的に成熟したロザネットとは、根本的に異なる。パリで洗練された生活を求める青年にとって、ルイーズはあまりにも幼く、滑稽なほどに野暮ったかった。それに対してロザネットは、心身を浸す恍惚を共有できる女性だった。

しかしロザネットとの甘美な数日には、間もなく終止符が打たれる。打ち明け話の中で、フレデリックはアルヌー夫人のことなど思う暇がないほどロザネットに夢中だと、名誉にかけて誓う。しかしこの偽りの誓いが、二人の関係に綻びをもたらす。

どれほど親密な打ち明け話の中でも、恥じらうふりや心遣い、同情から生じる制限が常にかかるものだ。相手や自分の中に、そこから進めない断崖や泥水が見えてしまう。（…）何ごとも正確に言い表すことは難しい。だから完全な結合は稀にしかない。（第三部一章、四九一）

言葉のいらない環境でのあれほどの充足から、言葉の世界における「完全なる結合」の破綻へと、二人の局面が転回する。ロザネットとフレデリックの間で交わされる言葉のやり取りは、両者の亀裂の源となる。ロザネットの言葉は、しばしばその愚かさでフレデリックをうんざりさせ、フレデリックの方は虚言によってロザネットを欺く。二人の蜜月の時期のしばらく前にも、ロザネットはひどい言葉遣いで共和主義者をこきおろし、その「雪崩のように襲ってくる馬鹿馬鹿しい言葉の数々（l'avalanche de sottises）」と「下品な言葉に見える愚劣さ（l'inépitie dans un langage populacier）」（第三部一章、四六〇）は、フレデリックに「失望以上の重い幻滅」を感じさせていた。ただし、フォンテーヌブローでの二人の決裂のきっかけは、六月暴動の知らせだった。フレデリックは「自分の恋愛が突然、罪悪に」（第三部一章、四九二）思われ、祖国のために身を賭す欲求にかられる。卑俗への倦怠感におそわれ始めていた時に、政治活動という別種の崇高（使命）が顔を覗かせたために、フレデリックはただちにそちらに向かおうとする。

ロザネットは人間が持つ野生と動物性をその魅力の源泉としており、フレデリックと関係を持った結果として妊娠し、出産する。しかし自分の子どもにもその母にも全く興味を持てないフレデリックにとって、ロザネットはもはやあわれな存在でしかなくなり、その姿は「自分の天性をありのままにさらけ出して（toute la franchise de sa nature）、自分を愛し苦しんでいる女」（第三部四章、五七〇）と突き放される。ロザネットの妊娠の知らせを聞いた時にアルヌー夫人との家庭しか思い描けなかったフレデリックにとって、ロザネットの出産は夢想から切り離された即物的な行為でしかなかった。野生の美しさは野卑な感性へと転換され、直情的で奔放なふるまいは痴的で愚かな行動と見なされ、きらきらと輝いていた純粋なまなざしは空虚な洞穴と化す。

ロザネットの言葉も、声も、微笑も、何もかもにうんざりした。特にこの女のまなざし、いつも澄んで愚かなあの目に我慢ならない。(第三部四章、五七八)

アルヌー夫人の深く黒い目に対して、ロザネットの目は「常に澄んで愚か」(éternellement limpide et inepte)と描かれる。「澄んだ」という形容詞は、«pur»(純粋な)に通じる表現だが、純粋は白痴に通ずる。直情的な「何もない」目は、この時期に他の女性との策略の世界に溺れていた青年には、苛立たしいものでしかなかった。その女性は、ロザネットの教養や品性の欠如を埋める存在となるダンブルーズ夫人である。フレデリックはロザネットと並行して、上流階級というもうひとつの「一段高いところにある」世界に属する女性として、この銀行家の妻と関係を結ぶことになる。

アルヌー夫人は崇高な存在でありながら時に世俗性を与えられ、ロザネットは卑俗性を与えられながら時に神秘性を帯びる。宗教性は、自然と超自然、人間と神、俗と聖を接近させようとする動きの中に見出され、魂と肉体の混合は宗教体験の中心に据えられる。アルヌー夫人とロザネットという二人の女性は、共に両義的な側面を見せながら、フレデリックがその時々にどちらにも傾倒することで、互いに重なり合う微妙な調和をもって、それぞれの崇高性を垣間見せた。

---

(1)フロベールは早い時期から性愛と宗教的な愛との関係に興味を抱いていた。一八五〇年十一月十四日のルイ・ブイエ

宛書簡で、作家は二つの愛を混在させた、三つの作品の主題を提案している。一つ目の『ドン・ジュアンの一夜』は「地上の愛と神秘的な愛という二つの形を取りながら満たされない愛の物語」、二つ目は『アヌビス』で、「第一話とほぼ同じだが性的関係が生じるため地上の愛が高尚ではなくなる」物語、三つ目は「フランドル地方の小説」で、「二つの愛がひとりの人物に集約されて、一方から他方へと移る話」である（*Correspondance*, tome I, p. 708 参照）。

（2）『岩波キリスト教辞典』によれば、エロスは「一般には自己中心的な愛や性愛」を意味するが、教父においては「神に対する魂の合一的愛」を表し、中世のラテン語訳 «amor» も同様の意味を持っていた（岩波書店、二〇〇二年、一六二頁参照）。

（3）これは実際に交わされた往復書簡である。ラテン語で書かれているためフランス文学史からは外れるが、古くから文学的価値を認められている。十九世紀に入った一八一七年に二人の遺体がパラクレ修道院からペール・ラシェーズ墓地に移されたため、改めてこの書簡集が注目された。

（4）アベラールは第五書簡でこう記している：「あなたを本当に愛したのはイエス・キリストであって私ではない。我々二人を罪に巻き込んだ私の愛は情欲であって、愛という名に値するものではない。私はあなたにおいて、私のみじめな熱情を満たした。それが私の愛した全てだった。」アベラールは情欲と神の愛を明確に区別し、情欲と同義の愛を認めない。本書では底本としてラテン語とフランス語訳が収録された以下のフランス語版を参照する：*Lettres d'Abélard et Héloïse*, Texte établi et annoté par Eric Hicks et Thérèse Moreau, livre de poche, Librairie Générale Française, 2007, p. 221.

（5）エロイーズは第二書簡にこう記す：「私はあなたのご命令に応じて衣を変えると同時に心も変えたのです。これも、私は心身ともにただあなただけのものであることを示そうとしたためです。私があなたに関してこれまであなた以外の何物をも求めなかったことは神様がご存知です。純粋にあなただけを求め、あなたの物質的なものを求めはしなかったのです。」（第二書簡、*Ibid.*, p. 76.）神に仕える修道女の衣を身にまとうことは、エロイーズにとって、唯一の崇拝の対象であるアベラールへの信奉を、世俗世界を逸脱させ聖なる領域へと移行させる手続きだった。彼女は恋人を求める世俗的な段階から、愛する対象を求めることそのもの、ほとんど祈りの領域へと入り込む。愛か情欲かという疑問に対して、エロイーズは両者を区別することなくアベラールに収斂させ、双方を崇高なものとする。

（6）*Le Dictionnaire des idée reçues*, p.47.
（7）「愛は十二世紀の発明である」というよく知られる言葉は、歴史家シャルル・セニョボスのものとされるが、現在は批判的な論考も多い。愛を十二世紀の発明と論じた学者としては、ドニ・ド・ルージュモンの名も挙げられる（本書「まえがき」一一頁、ドミニク・シモネの引用文参照）。
（8）拙著「『アベラールとエロイーズ』における愛――情欲と信仰――」、『国際文化表現研究』（第十二号）、国際文化表現学会、二〇一六年、三六一頁参照。
（9）一八五二年五月八日付ルイーズ・コレ宛書簡（*Correspondance*, tome 2, p.84）。かつてはロマン主義作品を愛好し、しかしそこから脱却したフロベールの美学は、二元論から出発した全体性、融解、統合にある。
（10）第二部六章、オートゥイユで心を通わす時期。夫人を「マリー」と呼ぶこの時期に、この名前に対する先のロマン主義的なイメージが語られる。
（11）*Madame Bovary*, 2-9, p.160.
（12）*Ibid.*, 3-5, p.271.
（13）「フレデリックは夫人と生活する幸福を考えるのだった。この人に親しい言葉で語りかけ、編んだ髪に手を触れ、跪いてその腰に腕をまわし、目を見つめて心を通わせるのだ。」（第一部五章、一三六）
（14）アルヌー夫人が夫の不品行に傷つくのは、何より自尊心（son orgueil）からだとされる（第二部三章、二七二）。
（15）*Madame Bovary*, 2-12, p.199.
（16）*Mémoires d'un fou, Novembre et autres textes de jeunesse*, p.291.
（17）*Voyage en Egypte*, Grasset, 1991, pp.280-282.
（18）Bernard de Clairvaux（1090-1153）：十二世紀フランスの神学者。聖公会とカトリック教会の聖人で、三十五人の教会博士のうちの一人。
（19）マリアテレーザ・フマガッリ＝ベオニオ＝ブロッキエーリ『エロイーズとアベラール――ものではなく言葉を』白崎容子・石岡ひろみ・伊藤博明訳、法政大学出版局〈ウニベルシタス〉、二〇〇四年、二一〇頁参照。

(20) フレデリックは、アルヌー夫人の姿を眺めることで幸福感に満たされるが、「彼女から離れると、凶暴な情欲に激しく苛まれる(des convoitises furieuses le dévoraient)」(第二部六章、四〇七)。
(21) Voir Jean-Pierre Richard, *op.cit.*, pp.211-212. フロベールは『紋切型辞典』で、「女性の衣装」(toilette des dames)を「想像力を刺激するもの」と定義づける(*Le Dictionnaire des idée reçues*, p.122)。
(22) ヴァルター・ベンヤミン「ゲーテの『親和力』」、『ベンヤミン・コレクション 1—近代の意味』浅井健二郎・久保哲也訳、筑摩書房、一九九五年、一七二頁。ベンヤミンは『親和力』のオッティーリエに注目し、その美を論じている。
(23) フロイト「トーテムとタブー」、『フロイト著作集 第三巻』高橋義孝訳、人文書院、一九六九年、一六四頁。タブーは超自然的な力を持つ事物に対して社会的に厳しく禁止される行為を指すが、とりわけ神聖なものに対する接触の畏れを示す。魔力と呼ばれる超越的な力に対する、人間が抱く克服しがたい原始的な恐怖である。
(24) Voir *Notes de Voyage*, tome 2, *Œuvres complètes de Gustave Flaubert*, tome 5, Louis Conard, 1910, p.363.
(25) Jean-Pierre Richard, *op.cit.*, p.212.
(26) 本書第五章一〇五頁参照。
(27) この作品のドラマは、オセローがデズデモーナに贈ったハンカチを巡って展開する。
(28) 肉体的な愛を担うこの女性の位置付けは、『谷間の百合』のダドレー夫人や『赤と黒』のマチルドに重ねられるだろう。
(29) 十九世紀ブルジョワ社会においては、社会秩序を保つために、一方は貞淑な家庭の天使、他方は肉欲を引き受ける娼婦と、女性の役割が二分された。後者のカテゴリーには、家庭に仕え性欲の吐け口ともなる女中も含まれる(『不道徳な女性の誕生』、前掲書、第四章参照)。
(30) Carnet 19, F°35 v°, *Carnets de Travail*, p.288.
(31) Voir Carnet 19, F°36, *ibid.*, pp.289-290.
(32) 本書第四章「視線と情熱」冒頭の一八四六年九月二十二日付ルイーズ・コレ宛書簡参照。

第七章　金銭と崇高

金銭と崇高は、『感情教育』において重要な繋がりを持つ。フレデリックが求める崇高のイメージは、金銭によって支えられる。ダンブルーズ夫人に惹かれるのもロザネットに魅せられるのも、最初は日常を超越した神秘性からだったが、それは金銭の力で作られた非日常世界であった。ダンブルーズ夫人は威厳を備えた大ブルジョワの邸宅に住む上流階級の女性として、ロザネットは瀟洒な仮装舞踏会場の女主人として、青年の目を眩ませる。そしてアルヌー夫人への恋慕も、金銭を通して表明されることになる。

金銭はこの作品を牽引する一つの大きな力となっており、登場人物たち全ての関係が金銭によって繋がっているといっても過言ではない。チボーデはこの作品を「富める青年の小説」[1]とし、フレデリックに見られる繊細な性質は、金銭に恵まれて、パリで生活しているからこそ光が当たると指摘する。フレデリックの優柔不断な性格は、時に反感を買いながらも皆に好かれる要素になるが、その魅力には少なからず懐事情が関与している。

『紋切型辞典』では「富」（richesse）を、「あらゆるものの代わりをする。信用の代わりさえも。[2]」と定義している。フレデリックと周囲の人々との関係を見ても、彼らを繋ぐのは、時に友情や信頼以上に金銭であることがわかる。この物語で最も金銭への執着が強いデローリエは、(3) 裕福な親友フレデリックに対して、常に憧れと嫉妬と軽蔑の混じった複雑な感情を抱いている。フレデリックが夢想の人だとすれば、弁護士であるデローリエは野心の人といえる。前者が富を恋愛の手段とするのに対し、後者は富と権力を結びつける。二人の友人関係は恋愛関係に近く、フレデリックはアルヌー夫人への恋慕に絶望すると真っ先にデローリエへの友情に恋愛感情を振り替えようとし、アルヌー家へ向かうとする所を見られると、「夫に密通を見られた妻のように」(第一部四章、一〇〇)震え始める。異なる気質を持つ両者は共に夢を語り、共に憧れの世界を思い描く。デローリエの夢想の源泉はまず友から自分への援助金であり、フレデリックが自分に約束した金を反故にすると友情も霧散する。しかしデローリエは、夢を叶える手段である金銭を持つ友が権力を目指していく道程を、先導して夢想する。二人は共に金銭を、日常を凌駕する世界への夢想の源泉と考える。金銭は彼らにとって、あらゆる夢を実現する可能性を持つ、聖なる力なのである。

フレデリックはデローリエをはじめとした複数の友人たちと親しく交流するが、とりわけ女性たちから愛される。フレデリックに愛情を向ける女性は四人で、アルヌー夫人、ロザネット、ルイーズ、そしてダンブルーズ夫人である。この女性たちとの繋がりも、金銭によって説明できる。アルヌー夫人はフレデリックが全財産を捧げたい女性であり、ロザネットは金銭で買われる娼婦という身分であり、ルイーズは父の財産によってフレデリックと婚約の可能性を保持し、ダンブルーズ夫人は上流階級の裕福な身分によって青年を惹きつける。その中で、ルイーズはフレデリックの恋愛対象とはならなかったため、実際に恋愛関係にあったのは三人ということになる。チボーデはこの女性たちを、それぞれ詩的で宗教的な悦びをもたらす「美」、身体的で率直な幸福感をもたらす「自然」、そして作為的で政治的な満足感をもたらす「文明」に分類する。(4) この中でダンブルーズ夫人は、フレデリックの恋愛関係における政治的な側面を象徴する女性とされているが、本書ではむしろ「金銭」を象徴する女性としたい。ダンブルーズ夫人は上流階級の貴婦人として、金銭と崇高との繋がりを体現する。

一　高貴な「物品」の獲得――ダンブルーズ夫人

フレデリックをはじめ、田舎からパリに来る若者たちが心を奪われるのは、都会にしかない煌々と輝く世界である。それは青年たちの政治的な野心を刺激し、未知の輝かしい未来を想像させる。第一部二章、実家があるノジャンでフレデリックがデローリエと語る未来も野心的なイメージで満ちており、「繻子張りの寝室での貴婦人たちとの恋」（六〇）が、未来の成功の一場面として思い描かれる。デローリエはそうした未来のために、「何百万という財産を持つダンブルーズ氏の手引きで社交界に入り、夫人に取り入って恋人になるべきだ」と説く（同章、六四～六五）。やがてこの助言は実現されることになるだろう。

フレデリックがパリで最初に煌びやかな世界に触れるのは、ロザネットの邸宅で開かれる、目が眩むほど光に満ちた仮装舞踏会である。贅をこらした部屋や調度品に囲まれ、虹色の粉をまき散らしながら踊るロザネットに、フレデリックはパリ生活の奢侈を垣間見る。帰宅した時の「船から降りた人のように茫然とする」（第二部一章、二一三）感覚は、夢の世界から現実世界へと戻ってきた感触であるだろう。喉の渇きが感じられ、そこに「女たちや贅沢への渇望、パリの生活がもたらすあらゆるものへの渇き」（第二部一章、二一三）が重ねられる。その渇きを潤すかのように、次の章でフレデリックは早速、社交界をその目で見るという好奇心をもってダンブルーズ家を訪れ、その威厳のある趣を堪能する。

フレデリックは、控えの間、次の間、そして高い窓のある広間へと進んだ。大きな暖炉の上に球体の掛け時計と、巨大な陶器の花瓶が二つ据えられ、そこには金色の茂みのように二列の燭台のかたまりが並んでいる。レスパニョレ風の絵画が数点壁にかかっており、綴れ織の重厚な垂れ幕がどっしりと下ろされている。椅子も小卓もテーブルも、あらゆる家具は帝政様式で、威厳を備えた趣があった。フレデリックは思わず悦びの笑みをもらした。（第二部二章、二一五）

このような豪奢な世界こそが、フレデリックをはじめ多くの青年たちの羨望の的や野心の源となる。『ボヴァリー夫人』で、エマが一旦触れたことでいつまでも消えない思い出としてしまう、ヴォービエサールの館が思い起こされる。(5) この館はエマにとって、実在する崇高な別世界だった。しかしフレデリックにとってのダンブルーズ邸は、より現実に近い世界として現れる。そのために富に触れた感触は、感嘆というよりも満足感を孕む悦びをもたらす。

ダンブルーズ夫妻の情報は、第一部三章で出されていた。夫はド・アンブルーズ伯爵、貴族の名を捨て実業界で財産を築き、レジオン＝ドヌール受勲者で代議士、妻のダンブルーズ夫人は頻繁に流行界新聞の噂に上る人で、慈善の催しにはいつも会長を務めている（第一部三章、六六〜六七）。彼らは上流階級の典型である。この階級の女性に付きものなのが慈善事業の実践や教会行事への出席である。信仰心からではなく、習慣や対面の保持のために行われる宗教活動が、貴婦人の品位を高めることになる。
ダンブルーズ夫人はその身分にふさわしく、最初はヴェールに包まれたままで、馬車の中で衣装を垣間見せて仄かな香りを残すだけだったが、次第にその姿を明らかにしていく。劇場でそれが誰か思い出せないままにフレデリックが見た夫人は、「醜くも美しくもない」と思われるが、身分がわかった途端にそのふるまいに「ブルジョワ女性にはない洗練」が感じられる（第一部五章、一六二）。称号や身分によって、その容貌も違って見えてくるのである。後日、ダンブルーズ家が客人を受け入れる日に、華やかな調度品と内輪話に興じるに客人たちに囲まれている夫人は、「顔の艶のない皮膚はひきしまって、色の美しさも貯蔵した果物のように光がない」、「イギリス風に小さく巻いた髪は絹よりしなやかで、目は輝く空色、物腰はしとやか」（第二部二章、二一六）な女性と説明される。この描写には、その後の夜会で、さらに主観的な要素が加えられる。

フレデリックはこの女性を魅力的だと思った。ただ、口が少し大きすぎ、鼻孔が開きすぎている感がある。それでも独特な優美さがある。髪の渦は情熱の物憂さのようなものを帯び、瑪瑙色の額は様々なことを内に秘めているようで、支配者の威厳を備えている。（第二部二章、二六一）

フレデリックは冷静にじっくりと夫人を観察している。以前は肌や目が比較的客観的に説明されていたが、ここでは口や鼻孔が批評的に語られる。加えて、以前描かれた巻いた髪や肌（額）にも、他の人にはない優美さや物憂さ、様々なものを秘めている印象、支配者の威厳など、上流階級の女性らしい神秘的な崇高性が加えられている。このイメージは、物語が進んでこの女性と親しく交流するようになっても変わることがなく、むしろより神秘性を増し、「複雑で言葉にできない」印象に統合される。

彼女は社交界の策略も、外交官の転属も、お針子たちの人柄も知っている。その口から出るのがありきたりなことであっても、見事に儀礼的な言い回しなので、敬意を込めた言葉にも皮肉にも思われるのだった。(…)要するにこの貴婦人の魅力は、普段彼女が身につけているあの甘美な香りのように、複雑で形容しがたいものだ。フレデリックは夫人と一緒にいると、その度に何か新しい発見をするような喜びを感じた。しかし彼女はいつ会っても、澄んだ水の反射のように静謐なままだった。(第三部三章、五三四)

ダンブルーズ夫人は日常世界を超える場所に鎮座し、未知の高貴な世界を示唆する。アルヌー夫人が視覚で、ロザネットが聴覚や触覚でフレデリックを惹きつけるとすれば、ダンブルーズ夫人の周囲には常に玄妙な香りが漂っている。しかし、たとえそこに恍惚感をもたらす芳香がただよっているとしても、それは恋愛感情には至らない。フレデリックは、「この人のそばにいても、アルヌー夫人に引き寄せられる時のあの全身が恍惚とする気持ちも、ロザネットからすぐ感じた陽気な放蕩心も」感じないと断言したうえで、ダンブルーズ夫人の魅力をこう述べる。

しかしフレデリックは彼女を、普通ではない手に入れがたいものとして欲情するのだった。彼女が高貴だから、裕福だから、信心深いから、情欲を掻き立てられるのだ。レースのように稀に見る繊細さを持っている女性、肌には護符を付け、退廃の中にも恥じらいを失わない女性である。（同章、五三九）

フレデリックは、ダンブルーズ夫人を高価な「物品」（une chose）ととらえて、欲情している（convoiter）。«convoiter»は、衝動的な性的欲望を示すが、もっと広く、「みだりに何かを欲する」という意味を持つ。つまりダンブルーズ夫人への「欲情」は、「激しい所有欲」に置き換えられる。(6) この«une chose»（一個の品物）を欲する理由の羅列は、その市場価値の解説に見える。彼女が持つ「繊細さ」（des délicatesses）も「護符」（des amulettes）も「恥じらい」（des pudeurs）も、不定冠詞が付いた複数形で「様々な〜」というニュアンスを持つ。信心深いという宗教的なイメージも手伝って、夫人に付された様々な属性は、いずれも卑俗の対極にある崇高な女性の値打ちを強調する。ダンブルーズ夫人自身も富に至上の価値をおいており、夫が自分に財産を遺さなかったと知った時の絶望は、「空の揺りかごのそばで悲しんでいる母親も、大きく口を開いた金庫の前にいるダンブルーズ夫人の姿以上に痛ましいとは思えなかった」（第三部四章、五六七）と描かれる。金銭の喪失という利得に関わる状況が、皮肉をもって、母子の関係における死の空白という厳粛な世界よりも上に置かれるのである。

フレデリックにとって、上流世界は高いところにある異世界であり、財産は喜びを沸き出させる泉となる。しかしアルヌー夫人が喚起する夢想世界とは異なり、それは接触可能な物質世界だった。ダンブルーズ夫人を獲得するという「勝利」を、自分でも驚くほど簡単に手に入れた時、フレデリックは次のような感覚に浸される。

階段を下りながら、フレデリックは別人になったような気がした。温室の芳香に満ちた空気に包まれているようで、貴族の不倫や高度な策略に満ちた上流社会についに入ったと思えた。この社会で第一の地位を得るにはこういう女性がいればいい。（…）胸は自尊心に満ちていた。（第三部三章、五四二）

この時フレデリックは、欲しかったものを手に入れた満足感のみを語っている。手にした上流社会（le monde supérieur）のイメージは一貫して小説的で、フィクションの世界に足を踏み入れた悦びが溢れている。«le monde supérieur»（より高い次元の世界）という表現が、エマが姦通を成した時やフレデリックが初めてアルヌー夫人と親しく言葉を交わした時に登場し、日常を遥か下に見下ろす崇高な領域に入った「魂の戦慄」をもたらしていたことはすでに見た。ダンブルーズ夫人の世界に入ったフレデリックを取り巻く芳香は、温室の湿度の高さに濃縮され、より高次の世界に入ろうとする喜びが、身内からわき出すというよりは外から取り巻かれる感覚によって強調される。フレデリックは「金持ちの女性」の獲得により、欲望を満たした深い満足を感じ、「気持ちが環境と調和した」、「今やどこにいても甘美な生活」（第三部四章、五四九）を送り、やがてダンブルーズ氏の死により婚約の段階まで進む。しかし遙かな存在を追い求めていた青年に、物品を所有するだけの満足は、結局のところ何ももたらさない。

ロザネットとの関係において、官能的な刺激だけでは恋愛感情が満たされなかったのと同様に、ダンブルーズ夫人が与えてくれる金銭や高雅さだけでも満足が得られずに、フレデリックはロザネットとダンブルーズ夫人との二重生活に入る。ダンブルーズ夫人との恋愛関係は、アルヌー夫人やロザネットへの陶酔を思い出すことでバランスが取られる。アルヌー夫人への肉体的欲望がロザネットによって補填されたように、今度はロザネットの無教養に対する幻滅がダンブルーズ夫人によって埋められ、ダンブルーズ夫人への情欲の欠如が過去の二人への恋愛感情によって補われるのである。しかしここにあるのは正三角形の関係ではない。愛人二人との二重生活に楽しみを見出しながらも、背後では、今そこにいないアルヌー夫人がその絶対的な存在感を失うことがないため、いわば底辺の長い二等辺三角形のような構図が想定される。フレデリックは、「二人の間にあって、常に三人目の女性を脳裏に浮かべて」おり、「夫人を得られないから今の浮気行為も仕方がない」（第三部四章、五七四）と自分を正当化する。

フレデリックは結局、ダンブルーズ夫人ともロザネットとも衝動的に破局する。その原因は、アルヌー夫人に対する冒涜への憤りである。ロザネットとはアルヌー家の家具の売り立てを画策した疑いによって決別し、[7]ダンブルーズ夫人とは銀の手箱への涜聖行為への意趣返しで婚約を解消する。その時フレデリックは、「大金を犠牲にしてアルヌー夫人の敵を討った」（第三部五章、六一一）と考える。聖なる人への凌辱を金銭で贖うという発想である。しかし実のところ、二人との決別の契機となった競売は、フレデリック自身が恋愛感情と金銭問題とを混在させ利用したことに端を発している。ロザネットが破産の憂き目にあっていた時に、青年はダンブルーズ夫人を口車にのせてアルヌー家を破産から救うための一万五千フランを借りる。それが発覚したことで、アルヌー家の財産の売り立てというダンブルーズ夫人の復讐が遂行されたのであり、フレデリックから愛情的にも金銭的にも裏切られ、一方的に別れを告げられていたロザネットも、競売会場に現れてそれを見届けることになる。

フレデリックはダンブルーズ夫人から様々な贈り物を受け取り、高貴な世界に留まることを目的に関係を結んでいる。ロザネットにも所有の満足をもって家を与え、(8)彼女が理解できないほどに散財して部屋を豪奢に飾り立てる。自分に収斂させる、そうした金銭の使用に対して、アルヌー夫人には、ただ気に入られたい、助けたいがために、何にもかえて金銭あるいは購入した贈り物を捧げようとする。アルヌー夫人に陶酔する場面に犠牲への欲求が生じていたのはすでに見た通りだが、(9)フレデリックは唯一アルヌー夫人だけに金銭を奉納しようとする。

二　理想世界の実現手段としての金銭

崇高と金銭とは、一見相容れないものと思われる。しかしフレデリックにとっては、金銭こそが現実と夢想との狭間で両者を繋ぐ役割を果たす。金銭は最も明快な、妄想された幸福や理想世界の実現手段であり、物事の価値を示す基準となる。フランソワーズ・ガイヤールが指摘するように、フレデリックは「ボヴァリー夫人と同じく理想の人生を金銭や物品で満たそうとする人物」(10)であり、欲望を掻き立てる恋愛感情と金銭的な豊かさとを混同する。

エマはノルマンディーの田舎町から遥か彼方にかすむパリの生活を、「他の世界が消え去ってしまうほどに夢中で空想する。

エマの目に、パリは大海より広漠として、真紅の大気の中にきらめいていた。(…)そこにいるのは、王様のように乱費家で、この上ない野心と幻想的な熱狂に満ちた人々だ。そこには、他のものから抜き出て、天と地の間、嵐の中にある生活で、何か崇高なものがある。それ以外の世界は明確な場所を持たず、存在しないもののように、消え失せてしまっていた。[11]（傍点筆者）

「天と地の間」にある崇高な世界には、倹約を旨とする日常生活の対極の場として、金銭が豊かに飛び交っている。エマはこのイメージを現実世界に引き入れるために、やがて散財と借金を重ねることになる。こうした理想世界のイメージが、同じようにフレデリックによっても描かれる。『感情教育』第二部冒頭、伯父の遺産が入るという知らせを受けてからパリに向かう道中、フレデリックは馬車に揺られながら、「宮殿を設計する建築技師のように」これからの自分の生活を空想する。

フレデリックはその生活を精巧と豪奢で満たし、その規模は天に届くほどに高まり、限りない品々の豊富さで飾られていく。この瞑想があまりに深く、他の事物は姿を消してしまっていた。（第二部一章、一七七）

アルヌー夫人に出会った日に、馬車に揺られながら夫人を想ったように、フレデリックは夢の世界へと向かう乗り物の中で、現実と幻想との間で揺られている。エマとフレデリックが描くパリの生活への煌びやかなイメージは類似しており、共に「他の世界の姿を消してしまって」いる。しかし前者は絶望をもって、後者は希望に満ちて、前者は小さな村に閉じ込められて、後者はそのパリに向かいながら、夢想世界に没入する。今やフレデリックはエマが夢見たパリの裕福な住人となる。しかしその中心には、どうしても手を触れられない、手段としての金銭の力も届かない、アルヌー夫人が据えられている。そのために、青年の欲望は宙に浮き続け、夢の色調はどこまでも続く。

フレデリック自身は金銭と恋愛との混合におそらくは無自覚で、言葉の上では金銭の即物性と恋愛の崇高性とを対立させる。アルヌー夫人を追って郊外の家まで訪ねていき、一人でいるこの女性の心をなんとか掴もうと、次のように言葉を重ねる。

「私はこの世で何をするべきだというのですか？　他の人々は富や栄誉や権力のために骨を折っています。地位もない私ですが、あなただけが私の心を占めていて、私の財産の全てであり、私の生活や思考の目的で中心なのです。（…）私の魂があなたの魂の方へ上っていき、二つの魂が溶け合うことを切望しているのを、それを死ぬほど願っているのを感じられませんか？」（第二部六章、四〇三）

ここにはフレデリックらしいロマン主義的な二項対立が見える。卑俗なこの世と魂が向かう天上世界、富・栄誉・権力を欲する俗物たちと互いの魂を求める自分たちというように、フレデリックは地上の富を蔑み、天上の愛の偉大さを称える、徹底して紋切型の分割を行っている。[12]しかしこの青年にとって、富や栄誉と恋愛感情とは分かちがたく結びついている。この口説き文句の中心に置かれている「自分の財産」（ma fortune）という言葉は、金銭と精神的な宝物の、両方の意味を持つ。フレデリックの心を満たすものは、愛情であると同時に金銭である。金銭の欠乏は夫人との関係の一切が断ち切られる絶望をもたらし、伯父の遺産の取得はアルヌー夫人と共に送る人生の実現への可能性を生む。

伯父の全財産！　二万七千リーブルの年収！　――アルヌー夫人にまた会えると思うと、猛烈な喜びに気が顚倒した。幻覚のような鮮明さで、薄紙に包んだ何かの贈り物を携えて、あの人の傍らに、あの人の家にいる自分の姿を見た。外では門の前で、自分の軽二輪馬車がいる、いやむしろ四輪馬車だ！　茶色のお仕着せを身に付けた従僕が伴う黒い四輪馬車だ。馬が地面を蹴る音や轡鎖の鳴る音が、自分たちの接吻の囁きに混じって聞こえていた。こういう情景が毎日、果てしなく続いていく。自分の家でもそうした日々は続く。食堂には朱色革、小サロンには黄色の絹、随所に長椅子！　素晴らしい棚！　見事な中国の花瓶！　立派な絨毯！　こうしたイメージがあまりに雑然と押し寄せてきて、目まいを感じていた。（第一部六章、一七三〜一七四）

豊かな金銭を得ることは、夫人と幸せな生活を送るための絶対条件だった。財産取得の知らせと同時に夢の生活が目の前に広がり、従僕や調度品などが具体的な形を取り、実際にその様子が目に見え、自分たちの接吻の音やそこに混ざる馬車の音までが聞こえてくる。「果てしなく続く夢の日々」に脈絡なく溢れる豪奢な生活のイメージが、今ここにいる現実世界と混じり合う。ロマンチックな小説世界のように、愛情は瀟洒な物品で彩られるべきものなのである。

三　施しと奉納

フレデリックにとって金銭は、理想世界を獲得したり彩ったりする手段であるだけではなく、愛情や崇敬を示す手段ともなる。『感情教育』においては何度か、愛の教えの実践である「施し」(aumône) という宗教的行為が描かれる。フレデリックはアルヌー夫人の手を「数々の施しを投げがけるためにある (pour épandre des aumônes)」(第二部二章、二三九) と見て、慈愛に満ちた人柄を称賛するが、この青年にとって金銭を施す行為は、アルヌー夫人への愛情の横溢を発散するための手頃な手段だった。

フレデリックは、アルヌー夫人へ「かつてなく大きな愛情」を感じた時に、それに見合う自分の値打ちをどのような手段で見せられるかを考えた末に、「金銭以上のものを思いつかない」(第二部二章、二二三) 人物である。ビアジによれば、フレデリックは夫人への愛情に恍惚としている時にこそ、その愛を示すために紋切型に頼る。(13) それが金銭という即物的な手段だった。

アルヌー夫人を前にして、フレデリックが最初に金銭を投じるのは、物語冒頭の船の上である。施しは最もわかりやすく身近な、自分の献身性を見せる手段として、ほとんど本能的な身ぶりで行われる。それは青年がアルヌー夫妻と同じ船上で竪琴の演奏を聞いた後の場面である。人々は習慣上、演奏者に金銭を投げ与える。

竪琴弾きは慎ましく聴衆の方へと近づく。アルヌーが小銭を探している間に、フレデリックは帽子の上に握った手を差し出し、そして、遠慮がちに開いて、一ルイ金貨を落とした。アルヌー夫人の前でこの施しをする気になったのは虚栄心ではなく、自分をこの人と結びつける祝別という考え、ほとんど宗教的な心の動きだった。（第一部一章、五〇）

この後食事代も残っていない様子が描かれているため、フレデリックは有り金を全て衝動的に投じたことになる。フレデリックは、夫人に太っ腹なところを見せたいという世俗的な欲望（「虚栄心」）からではなく、ただ一心に自分と夫人の間に何らかの結びつきを「天恵（祝別）」（bénédiction）としてもたらしてくれることを、神に求めている。それは自分からは行動を起こすことなく、神からの一方的な奇跡を願う安易な祈りでもある。神の恵みを己の利のために求めてはならず、神を便宜的に使ってはならない。フレデリックの身ぶりは「ほとんど宗教的」とされているが、「ほとんど」はそれが宗教性に至っていないことを示している。

「施し」（aumône）の語源はギリシア語の«éléēmosynē»で、「憐れみ」や「慈愛」を意味する義の行為である。[14]「施しをする時は、右の手がすることを左の手に知らせてはならない」と『マタイによる福音書』（六章三節）に記されるように、決して見返りを求める見せかけのものであってはならない行いである。しかしフレデリックは、アルヌー夫人に見られていることを前提に、自分と夫人との結びつきを祈るために、「義の行為」を行っている。信仰は没我的な心の動きであるが、フレデリックの行為には、愛する女性に向けて「自分（の財産）を捧げる」自己犠牲の衝動が、全く没我的ではないという皮肉が見出せる。

フレデリックが衝動的に施しの欲求にかられる場面がもうひとつある。アルヌー宅で夫人と対面して親密な相談話を受けた後、「あなたは私たちに親切で変わらない愛情を持っていてくださいますね」という挨拶と、親しみのある握手を受けた帰り道、青年はこれから先の希望が得られた喜びに浮き足立つ。

フレデリックは歌い出したい気持ちを抑えた。心の内を打ち明けたり、気前の良さを見せたり、施しでもしたい気分だ。誰か助けを求めている人はいないか辺りを見回した。乞食一人通らない。そして献身の気持ちも消え去った。遠くまでそうした機会を求めていくような人間ではなかったのだ。（第二部二章、二二三〜二二四）

フレデリックは身内に溢れる喜びを、自分の外に広げたい、知らせたい、天の祝福を受けた喜びを他人にも味わってもらいたい、という欲求を、金銭の施しによって満たそうとしている。この時「自分の献身の気持ち」は、«sa velleité de dévouement» と表現されている。「献身」（le dévouement）は「神に仕えること」という宗教的な意味を持つが、献身したい「気持ち」（la velleité）は「行動に移すに至らない気持ち」を意味する。フレデリックは恋愛感情と信仰とを結びつけ、湧き上がる愛情の発露のために、宗教的な行為を試みる。しかし最初の金貨は夫人の気をひくには至らず、この施しも実行する相手を見つけられずに断念される。

施しは不特定の人々へ向けられる憐れみの行為だが、愛する人への直接的な金銭の奉納は、フレデリックにとって、より重要な意味を持つ。行動力に欠けた青年にとって、損得なしに金銭を差し出す行為は、情熱の告白よりずっと容易に実行できる崇敬の身ぶりであり、実際に夫人と親密に言葉を交わす機会をもたらしたのは、愛の言葉ではなくアルヌー家の金銭問題だった。

アルヌー夫人は夫の借金に不安を覚えており、フレデリックには援助できる財産があった。金銭の欠乏は生活への不安と共に、ブルジョワ社会においては体面上の問題ももたらす。したがって金銭にまつわる個人的な関係は、人の目から逃れたところで結ばれる。フレデリックにとって、金銭は自分だけが夫人に捧げることができる貢ぎ物であり、密かにに二人を繋ぐ絆となる。夫の借金に苦しむ夫人に、手形の情報を持ってくると約束した時、フレデリックは「今こそこの人の生活の中、心の中に入って行けた！」（第二部二章、二三七）と喜ぶ。しかしこの約束はうやむやになり、夫に用立てた金銭も夫人を直接助けることなく使途不明のまま霧散し、後に夫妻を夜逃げから救うための大金も渡すに至らずに宙に浮く。

フレデリックの金銭が夫人のために使われることはなく、贈り物をしようとしても、妄想の段階で留まることが多い。実現されたとしても、夫人の誕生日祝いの日傘[15]のように、そこには皮肉なズレが生じる。チボーデは、「『感情教育』において、金銭の問題は、完全にバルザック的な位置を占めている[16]」と述べているが、バルザック作品では財産の取得は野心の成就へと向けられるのに対して、フレデリックが手にした財産は結局のところ愛する女性にも届かず、地位の獲得に結びつくこともなく、ただ目減りしていくばかりなのである。崇高へと向かう手段としての金銭はその効力を発揮することはなく、フレデリックは一貫して閉塞的な状態から脱することがない。

フレデリックはボヴァリー夫人とは異なり、金銭を手にする機会に恵まれ物品に浪費できるために、破滅に向かうことなくいつまでも現実と夢想の間を漂うことができる。金銭は、崇高な世界を実現する条件であり、信仰告白の代役も務めるのだが、皮肉なことに、同時にフレデリックの無力さや空虚さ、自己中心的な愚かさを暴くものともなっているのである。

（1）Albert Thibaudet, *op.cit.*, p.156.

（2）*Le Dictionnaire des idée reçues*, p.118.

（3）デローリエという名はファーストネームではなく苗字である。第一部二章冒頭で、この人物の名は「シャルル・デローリエ」と示されている。その他の友人知人男性も、社会的立場を示す苗字で呼ばれている：「デローリエは人間を力ずくでおさえる手段として富を得たがっていた。多くの人間を動かし、大いに世間を騒がせ、自分の命令に従う秘書を三人持ち、週に一度は政治家を集めて大きな宴会を開くのが理想だった。」（第一部五章、一一三）

（4）Voir Albert Thibaudet, *op.cit.*, p.161.

（5）「靴底は（舞踏会場の）床にひいてあった蝋で黄色くなっている。エマの心も同じようなものだった。富に触れたことで、その上に消えることのない何かが残されてしまった。」（*Madame Bovary*, 1-8, p.58.）

（6）一方、すでに財産を持っているダンブルーズ夫人は、フレデリックとの恋愛関係を「倦怠」という理由で結び、「大恋愛」（un grand amour）で生活を彩ろうとして恋人に様々な贈り物をするようになる。ここには恋愛を金銭で贖う感覚が見出される（第三部四章、五五〇）。

（7）フレデリックはロザネットに対して、「おまえのような何の価値もない小娘（une fille de rien）」が「あれほど神聖で、魅力的で、善良な女性（la femme la plus sainte, la plus charmante et la meilleure）」（第三部五章、六〇四）によくもと、アルヌー夫人との鋭い対比の言葉をぶつけて別れを告げる。ここでは不定冠詞と定冠詞、「小娘」と「女性」の対立に加え、「何もない」に対して最上級の「最も神聖、最も魅力的、最も善良」が用いられる。

（8）フレデリックは「ようやく自分の家と、自分の女を獲得した（posséder une maison à lui, une femme à lui）、新婚の喜びのような気持ち」を味わい、そこにほとんど毎晩泊まりに行く（第三部一章、四六四）。この「自分に属するひとつの家と自分に属するひとりの女性の所有」という表現や、女性より家が先に置かれているところに、この青年の物質的な所有欲が明示されている。
（9）本書第四章「視線と情熱」、九八頁参照。
（10）Françoise Gaillard, «Qui a tué Madame Bovary ?», dans *Flaubert, Étique et Esthétique*, sous la direction de Anne Herschberg Pierrot, Presses Universitaires de Vincennes, 2012, p.78.
（11）*Madame Bovary*, I-9, p.60.
（12）青年はその前にも、アルヌーの店で夫人に自分の結婚話を切り出されると「金持ちの娘もお金もどうでもいい」、「この世でまたとなく美しく、優しく、魅惑的なものすべて、人の形をした天国を心に描いて、その理想を見つけ、その美しい姿が他の全てのものを隠してしまっている」（第二部六章、四〇一）と語り、金銭の世界とアルヌー夫人とを対比させている。
（13）*L'Édutation sentimentale*, note par Biasi, p.223.
（14）ニコル・ルメートル、マリー＝テレーズ・カンソン、ヴェロニク・ソ『図説キリスト教文化辞典』、倉持不三也訳、社原書房、一九九八年、二八一頁「施し（喜捨）」参照。
（15）フレデリックは別の日にアルヌー宅で日傘の柄を壊しており、その償いとして新しい傘を夫人の誕生日の贈り物とする。「これは今までお借りしていたようなもので、あの時は申し訳なく…」と伝えようとするが、実は元の傘の持ち主はアルヌーの愛人であったため、その意図は相手に通じず「何のことかわかりません」（第一部五章、一五一）という返答が帰ってくる。
（16）Albert Thibaudet, *op.cit.*, p.156.

第八章　皮肉としての崇高

フレデリックと女性たちとの関係が示すように、フロベールは「崇高」の伝統的な概念に疑問符を打ち、崇高と卑俗とを分離するのではなく連動させることで、その意味を問い直している。

フロベールが求める聖性や宗教性には、二項対立の解体が特徴付けられる。[1] 伝統的な二項対立である霊肉二元論から近代の物心二元論に至る構図は、プラトン主義、キリスト教、デカルト主義、ロマン主義等に見られるが、フロベールは文学で人間の真実を描き出すためには、「シェイクスピア的に」相反するものを混ぜ合わせること、「ユゴー的に」崇高とグロテスクを結びつけることが必要だと考えていた。[2] フロベールは自分の作品で、「幻覚と現実の絶え間ない融合」[3]を行うことをめざしていた。繰り返しになるが、ボヴァリー夫人裁判でピナール検事が問題視したのも聖性と官能的欲望の混合、すなわち伝統的なキリスト教が掲げる「崇高な精神性と卑俗な肉体的欲望」との混在であり、それが宗教道徳や社会秩序を乱す危険要素と見なされた。

フロベールは、「形式と内容、魂と身体を分割してはいけません、それは何ももたらしません。世界には総体しかないのです」[4]と述べている。ジュリエット・アズーレが指摘するように、フロベールはたったひとつの実体を言い表す一元的統合を好む。精神や物体は属性でしかなく、人間を形作る諸要素の統合から把握される実体こそが、人間理解に寄与すると見なされる。[5]したがって対立するものをどう統合するのかが、フロベールにとっての中心的な問題となる。

ボヴァリー夫人からブヴァールとペキュシェまで、フロベールが描く人物たちは、実生活の充足を求めるブルジョワ的欲求と、崇高を求める神秘主義的欲求との葛藤に身をおいている。フロベールは、魂の不滅性を人間特有のものとする唯心論者の傲慢さを滑稽なものと考える。フロベール作品においては、魂はもはや身体よりも高貴でもなければ罪がないわけでもない。この作家にとって崇高は、決して天上の魂だけの問題ではなく、人間がどうしようもなく持て余す肉体的欲望や弱さ、卑俗さから示されるものだった。

一　皮肉の記号、パロディが示す真実

『感情教育』において、「崇高」（Sublime）という語は皮肉の記号として逆説的に用いられる。フレデリックをはじめとしたブルジョワたちは、皆が同様に繰り返す紋切型の言葉しか発することができない。フレデリックは崇高からほど遠い、むしろその対極にある世俗的な人物であり、この人物が語る崇高は常に皮肉を伴う。ジャン＝ルイ・カバネスも、この作品における「崇高」を、「使い古された言説や紋切型の身ぶりに呼応する皮肉の記号」と見なしている。特にフレデリックが恋愛表現として「アルヌー夫人をミューズやマドンナに変容させ、情熱と神性への呼びかけ（passion et vocation）を混同する時」、そこに

「皮肉が込められた異化作用」が生じるという。[6]『感情教育』では、恍惚とした感情が横溢する場面で、つまり最も「宗教的な」感情が沸き上がる時に、主人公がそれを「崇高」と認識するが、そのことがかえって卑俗な感覚と見なされるのである。

自ら崇高と自認する言葉やふるまいは、その時点で紋切型に堕している。初めてアルヌー夫人の家に招待された夜の帰り道、フレデリックは橋の上からセーヌ川を見下ろしながら、情愛が心を沸き立たせる感覚に浸り、何か崇高なものが身内を走るのを感じる。

(…)教会の大時計が、ゆっくりと、一時を打った。自分を呼ぶ声のようだった。

その時フレデリックは、より崇高な世界に運び去られるように感じられる、あの魂の戦慄のひとつに襲われた。異常な力が、何かわからずに、心に生じていた。（第一部四章、一〇八）

真夜中の静謐な空気の中にゆっくりと響く教会の鐘が、自分の恍惚とした気持ちに共鳴するように思われ、フレデリックは今いる現実世界よりも「崇高な世界」に運び去られるような「魂の戦慄」を感じる。ところが、恋慕を寄せる人を思い出しながら、広い空間の中に独り佇み、教会の鐘の音を聴くという状況が、いかに紋切型の感覚をもたらすものかが、原文に明確に示されている。崇高な世界に運び去られる、「そういう心地がする」（où il vous semble）は、直訳すると「あなた（たち）にそう思えるところの」となる。不特定多数の「あなた」（vous）が入ることで、フレデリックが自分だけの特権的な状況と感じていることが、実は読者も含む皆に共通の感覚であることが示唆される。さらに、「あの魂の戦慄のひとつ」（un de ces frissons de l'âme)」における複数形の指示形容詞「あれらの」(ces)も、この現象がありきたりの戦慄であること示している。あるいは、フレデリックがロマン主義小説の中でよく目にしていた「魂の戦慄」の実感としてもとらえられるだろう。

アルヌー夫人に対峙する場面は、常にフレデリックに崇高という感覚を呼び起こすのだが、崇高を崇高という言葉で表現することが、青年の愚かさを暴露してしまう。これが、カバネスのいう「皮肉が込められた異化作用」である。フレデリックが語ったり、感じたりする「崇高な情熱」は、文字通りに受け取られるべきものではない。フロベールは、文章の中に作者の意図を読み取れない場合、それは書き方がまずいか、読者の感性がにぶいかのどちらかだと断言する。『感情教育』においては、「崇高」を語る青年の愚かさを感じられないことがそれにあたる。

もし読者がある本から、そこに見出すべき真実を引き出すことができないのなら、それは読者が愚かであるか、その本が正確さという点で誤っているのです。真実であればよいのです。人生において、「こういうものだ」(comme ça)と言えるものであれば。[7](強調はフロベールによる)

崇高を語る言葉はしばしば、フレデリックのように、むしろ卑俗を強調することになる。フロベールは作品の中で、ブルジョワ社会の卑俗さを真実の物語として描こうとするが、そこでは常に崇高とは何かという問題提起がされている。卑俗と崇高は裏表一体の関係にあり、両者の間には人間の様々な感情や欲望が挟まれている。人生について「こういうものだ」と言えるものを描き出した時、そこには卑俗と共に崇高が、崇高と共に卑俗が見出されるはずである。フレデリックの恋愛感情にも、ボヴァリー夫人の欲望にも、フェリシテの信仰にさえ両者が混在している。

『感情教育』には、卑俗な言説で崇高を示唆する「パロディ」の問題がある。この作品は、ロマン主義のパロディであり、定型的な恋愛物語のパロディであり、その中には宗教儀式のパロディも見出される。パロディは、言葉を取り換えることで意味を滑稽にする機能を持ち、既存の形式的要素を残しつつもそこに新しい不整合な内容を挿入することで、真面目なものを喜劇的なものにする。ジョルジョ・アガンベンはパロディについて、芸術的創造は、神秘を前にした時にカリカチュアでしかそれを表現し得ないため、言葉で表現できないものを表現しようとするところまで自らのエゴイズムを推し進めることができずに、パロディを神秘の形式そのものとして採用したところに成立するものと説明する。[8]

しかし十九世紀フランスという「人間が非聖化され、神的存在が世俗化された定型的な世界」[9]に、フロベールは「神秘の形式の探求」とは正反対のものを見ていた。作家は晩年の一八七九年に、次の書簡を書いている。

自分が理解できないものを説明しようとする人々には驚かないけれど、説明を見つけたと思っている人々には驚かされます。彼らは bon Dieu あるいは non-Dieu（信心あるいは無信仰）をポケットに持っているのです。ああ、そうです、私は全ての主義《ドグマ》に激しい怒りを覚えます。要するに唯物論や唯心論は二つの愚昧に思われます。[10]

フロベールが嫌悪したのは、ひとつの決まり事＝教義を示す言葉を乱用して、言葉にしがたいものも時に移ろうものもカテゴリー別に分断し、用語をもって世界の全てを理解したと思い込む鈍い感性だった。フロベールは、言葉で説明するのではなく感じさせる芸術をめざした。パロディとは、低俗から崇高を区別する閾を混乱させ、識別できなくすることで、そこにあるはずの崇高を示す。つまり到達不可能性を前提とすることで、言葉によっては直接表現し得ない崇高を表現する。(11) フロベールがフレデリックを通して描こうとしているのは、凡庸な言葉を超えていく、パロディとしての崇高であるだろう。「神聖」や「崇高」と一般的に「語られているもの」にあえて疑問符を付けることで、言葉通りの意味ではなく、言葉の裏にある本質へと読み手を感覚的に向かわせる。言葉の芸術としての文学が美の形式を通して行うべきことは、そこにあった。

二　言葉を凌駕する崇高

フレデリックが見るアルヌー夫人の崇高性には、「通俗的な崇高」という皮肉が裏付けられていた。しかし人が本能的に感じる宗教的直感と、既成の価値観に色付けされた言葉の世界との境界は、しばしば曖昧になる。凡庸な言葉に浸りきる恋人たちの恍惚が、逆に言葉を凌駕する崇高を示唆することもある。フレデリックは愛する人を前にして、確かに驚愕し、戦慄を覚え、不安に浸され、苦痛に苛まれ、身も溶けるような悦びを感じている。オートゥイユの家で夫人と過ごす場面は、『感情教育』の中では例外的に宗教的なひとときである。フレデリックがあれほど望んでいた二人の内的な融合が実現し、世界は無限の広がりを見せる。

二人は、あまりに広漠とした孤独を満たしてくれるほど豊かな愛に満ちた生活を想像していた。あらゆる喜びを超え出て、あらゆる惨めさに耐えられる、彼ら自身の絶え間ない融和の内に時間は消え去り、星の瞬きのように素晴らしく気高い何かが作り出されていくような生活を。（第二部六章、四〇五）

これは奇跡的な場面である。複数形で示される、二人の「広漠とした孤独」（les plus vastes solitudes）は、原文では「限りなく広い」という意味を持つ《vaste》がさらに最上級によって強調され、それが「豊かな」（féconde：実りの多い、繁殖力の強い）愛によって満たされる、と語られる。ウィリアム・ジェイムズは宗教の定義を、「個々の人間が孤独の状態にあって、そこで神的な存在と考えられるものと自分との関係のうちに生じる感情・行為・経験」[12]としているが、二人はまさに自分と神的な存在との関係のうちに満たされる恩寵としての愛を語っている。そこに求められるのは決してキリスト教の神ではなく、あくまでも「神的な存在と考えられるもの」である。それが喜びも悲惨さも超克し、互いの存在の融和の内に時間を超越した、瞬間と永遠とが混じり合う光り輝く世界と説明される。

こうして恋愛感情に浸されたまなざしによって共に見つめ合う二人は、陶酔の中で、限りなく理想に近い現実を実感し、共感の中で瞬間的な永遠性を獲得しているように見える。しかし二人の人物は間違いなく、互いに決まり文句だけを並べ合っている。それが逆説的にこの恍惚状態の宗教性を証しているように思われる。

ロラン・バルトは恋愛の対象となるたった一人の「その人」のどこを、なぜ欲するのかという問いに対して、次のように記している。

自分が欲するのは彼の全てなのか、それともその身体の一部だけなのか。その場合、愛するその身体の何が、わたしにとってフェティッシュなものになるのか。どのような部位なのか。どのような偶然の仕草なのか。(…)私としては、そうした彼の肉体のあらゆる「襞」に「素晴らしい」と言いたい。「素晴らしい」とはつまり、唯一のものとして、これこそが私の欲望なのだということだ。「これだ、(私が愛するのは)まさにこれなのだ!」しかしながら、自分の欲望の特殊性を感じれば感じるほど、それを名付けることは困難になる。標的の明確さに対応するのは名称の震えなのだ。欲望の的確さは言い表されたものの不適格さしか生み出せない。こうした言語の失敗からは、ひとつの痕跡しか残らない。それが「素晴らしい」という言葉なのだ。(13)

愛する人へ向ける言葉は、紋切型にならざるを得ない。その人のある部分ではなく、その人の全ての「襞」(plis)、すなわち存在自体へ投げかけられる的確な言葉は存在しない。(14) だからこそすべてをひっくるめて「素晴らしい」(Adorable)と言うことしかかなわないのである。バルトのいう「言語の疲労が残した無益な痕跡」(15)としての「素晴らしい」という言葉は、フレデリックとアルヌー夫人にとっての決まり文句に当てはめられるだろう。それらの言葉の中には、その言葉が示すことができない、言葉を凌駕するものが含まれている。(16)

崇高な何かを示そうとする言葉に崇高を自覚するのは卑俗だったが、崇高な何かを示そうとしてそれがかなわないところには崇高が示唆される。『感情教育』における愛の言説には、決して崇高に至ることのない卑俗と、卑俗によって示される崇高の可能性が見える。フロベールはこの物語を、確かに皮肉の記号としての崇高をもって描いている。しかしそこには記号を凌駕する美しい感情の世界が、それもまた確かに見出されるのである。

（1）工藤庸子が指摘するように、二項対立の解体は、十九世紀の新たな潮流としてもとらえられる（『ボヴァリー夫人の手紙』、筑摩書房、一九八六年、一三〇頁）。ルナンも、「身体と魂があるのではなく、魂の実体があり、魂が身体の形を与える」と考える。ルナンは「全ては有機的な力によって内側に生じるがゆえに、外側の説明は内側にある」とするヘルダーの影響を受けている（Voir Laudyce Rétat, *Religion et Imagination religieuse : leurs formes et leurs rapports dans l'oeuvre d'Ernest Renan*, Klincksieck, 1977, p.133）。

（2）Voir Michel Martinez, *Flaubert, Le Sphinx et la Chimère – Flaubert lecteur, critique et romancier d'après sa correspondance*, collection critiques littéraires, L'Harmattan, 2002, p.298.

（3）一八五二年十一月二十二日付ルイーズ・コレ宛書簡（*Correspondance*, tome 2, p.179）。

（4）一八五九年十二月十八日付ルロワイエ・ド・シャントピー嬢宛書簡（*Correspondance*, tome 3, p.66）。

（5）Juliette Azoulai, *op.cit.*, p.124.

（6）Jean-Louis Cabanès, «Sublime et Réalisme dans les Romans de Flaubert», dans *Flaubert Hors de Babel*, textes réunis par Michel Crouzet et Didier Philippot, Eurédit, 2013, p.37, p.42.

（7）一八七六年二月六日付ジョルジュ・サンド宛書簡（*Correspondance*, tome 5, p.12）。
（8）ジョルジョ・アガンベン「パロディ」、『瀆神』、前掲書、五八頁参照。
（9）本書第二章「ブルジョワの時代」、三「信仰なき平等の時代」参照。
（10）一八七九年三月十三日付ロジェ・デ・ジュネット夫人宛書簡（*Correspondance*, tome 5, p.579）。
（11）アガンベン「パロディ」前掲書、六一頁参照。
（12）ウィリアム・ジェイムズ、前掲書、五二頁。
（13）Roland Barthes, *Fragments d'un discours amoureux*, Seuil, 1977, p.27.
（14）『ボヴァリー夫人』では、エマの紋切型の愛の言葉を聞き流すロドルフに対して次の説明がなされる：「誰も決して自分の欲求や考えや苦しみを正確に言い表せはしない。それに人間の言葉はひび割れした鍋のようなもので、これを叩いて星を感動させたくても、熊を躍らせるメロディーしか打てないものだ。」（*Madame Bovary*, 2-12, p.196.）
（15）*Ibid.*, p.28.
（16）フロベールはかつて、このように記していた：「ぼくは時折、非常に当然でとても単純なことを人が話しているのを聞いて驚くことがある。最も凡庸な言葉に、時折奇妙な感動を覚えることがある。（…）すべてを理解しようとするからだろうが、あらゆることに夢想を誘われる。しかしこの茫然とした状態は、愚かさとは違うだろう。たとえばブルジョワだって、ぼくにとって何かはかりしれないものだ。」（一八四五年九月十六日付アルフレッド・ル・ポワトヴァン宛書簡、*Correspondance*, tome 1, p.252.）

第九章　二つのエピローグ

『感情教育』には、二つの比較的短い章がエピローグとして付されている。第三部六章、長い年月が経った後に実現するアルヌー夫人との最後の再会の場面と、七章、友人デローリエと昔を懐かしむ場面である。アルヌー夫人がパリから去り、夫人の触れた何もかもが競売によって蹂躙されて「聖域」が壊された後、フレデリックは「欲情の激しさも官能の盛りも理知的な野心も衰え、知性の無為と心の無気力に耐えている」（第三部六章、六一五）状態にあった。そこに突然、アルヌー夫人が姿を現す。競売のあった一八五一年十二月から、十五年以上が経った、ある日の夕刻のことである。フレデリックとアルヌー夫人との関係は、この最後の逢瀬でようやく確定される。

一　現在と過去と未来の貫入

一八六七年の三月も終わりに近づいた頃、夕暮れ時に、フレデリックが書斎に一人でいる時に、一人の女性が入ってきた。

「アルヌー夫人！」

「フレデリック！」

夫人は彼の両手を取り、静かに窓際につれていった。そしてじっと見つめながら繰り返した。

「あの人だわ！　やはりあの人！」

夕刻のほのかな明かりの中で、彼に見えるのは顔を包んだ黒レースのヴェールの下の、夫人の目だけだった。

彼女は暖炉棚の端に柘榴色ビロードの小さな紙入れを置いて、腰をかけた。二人とも微笑を交わすだけで、口がきけないままでいた。（第三部六章、六一五〜六一六）

この突然の訪問と一連の動きはアルヌー夫人が主導しており、フレデリックはただされるがままになっている。「あの人だわ！」（C'est lui !）と、二人称ではなく三人称で繰り返される言葉は、夫人がフレデリックをこれまで「あの人」（lui）として思い出していたことを示し、ここから始まる追憶の連なりを予告する。フレデリックの記憶を喚起するのは、薄暗い空間に浮かびあがる夫人の目である。かつて馬車の中、暗闇の中でアルヌー夫人の目だけが見えていたように（第一部五章、一五六）、ロザネット邸での仮装舞踏会の後、寝入りばなにこの人の目だけが浮かんできたように（第二部一章、二二四）、「大きな黒い目」がアルヌー夫人の最も重要な属性となっていたことが思い起こされる。

この沈黙の後に、少しずつ近況が話され、夫人は震える声でゆっくりと、「あなたが、自分が、怖かった」（第三部六章、六一六）と告白する。これまでずっとフレデリックの視点から見つめられてきた二人の関係が、ここでようやくアルヌー夫人の感覚から語られ始める。夫人がフレデリックに、そして自分に対して感じていた「恐怖」とは何だったのか。それはフレデリックがずっと夫人との間に感じていた、未知なる深淵への畏怖だったのではないだろうか。それは姦通を犯すことへの倫理的な恐れというよりは、世間の規範を超越した非日常的な領域へと足を踏み出すことへの、不安なためらい[1]だったと考えられる。フレデリックが衝動的に身を投じることを願い、しかし叶わなかったその深淵は、夫人にも認識されていたのである。

夫人が「恐れ」を告白した瞬間、フレデリックは「官能の恍惚のようなもの」（comme un saisissement de volupté）に襲われる。「のようなもの」は、夫人の告白により「実現したはずだった偶像への到達」が想像され、そこで得られたはずの仮想の恍惚を示していると思われる。夢想と現実との境界領域において、想像上の恍惚が実感されるのである。

アルヌー夫人は、自分の夫がフレデリックから借りた金を返しに来たと説明する。それは夫人が手ずから「あなたのために、特別に（tout exprès）」刺繍した、「金の棕櫚模様で覆われた柘榴色の紙入れ」に入れられている。船上の「出現」の場面で、夫人の脇に置かれていた裁縫籠に、不思議な神秘性が見出されていたことが思い起こされる。柘榴色という深い赤色を覆う金色の棕櫚の模様は[2]、フレデリックを思い出しながら丁寧に刺繍を手がける、静かで「特別な」時間を彷彿とさせる。しかし夫人は「お金のためにだけ来たわけではない」、「ただぜひ訪ねたかった、これからまた帰らなければならない」と言う。十五年以上の歳月は、表向きは返済すべき金の準備に必要だった期間であり、実のところは押し隠していた感情を告げる決心をするために必要な時間だったのだろう。

かつてフレデリックがアルヌー夫人のいる部屋を眺めたように、今度は夫人がフレデリックの部屋の調度品をじっと眺める。そして二人はあの頃と今との狭間へ、夢うつつの状態へと入り込む。この後、外に出ると、「車や人や騒音の中を、二人は自分たち以外のことに少しも気を取られず、何も耳には入れずに、まるで田舎で枯れ葉の絨毯の上を共に歩いているかのよう」(同章、六一七)に歩を進め、昔の日々を語り合う。騒音に満ちたパリと静寂が保たれた田舎、石畳と枯れ葉の絨毯、現在と過去が交錯する。その中で、二人は昔の出来事を語り合い、アルヌー夫人は次のように付け加える。


「時々、あなたの言葉が、遠いこだまか、風に運ばれてくる鐘の音のように、私のところに戻ってくるのです。本の中で恋など書いたところを読むと、あなたがそばにいるように感じます。」(第三部六章、六一八)

遠いこだまも鐘の音も、夢想世界から響いてくる超越性を感じさせる。(3) 物語を通じて、フレデリックはアルヌー夫人の姿を夢想していたが、夫人の方は自分の夢想世界でフレデリックの言葉を繰り返し再生していた。そしてフレデリックと同様に、文学作品の中に、この青年を感じていた。それを受けてフレデリックは、ロマンチックな物語世界が現実世界に出現した奇跡を語る。

「そういう本では誇張して書いてあると世間で非難するもの、そういうものもあなたは私に本当に感

じさせてくださいました。シャルロッテの長いお喋りを少しも嫌がらないウェルテル[4]の気持がわかるのです。」（同）

二人の会話は、出会った当初の「彼女はロマンチックな書物に出てくる女性たちに似ていた。彼はその姿に何一つ加えることも、何一つ削ることも嫌だった。」（第一部一章、五三）という、馬車の中での青年の夢想[5]を思い起こさせる。あの時すでに完全な理想型で姿を現し、世界の中心にある輝かしい点だったアルヌー夫人は、フィクションの世界を現実世界に取り込んだ女性だった。そしてフレデリック自身もアルヌー夫人にとって、小説の登場人物のような存在となっていたのである。チボーデも、アルヌー夫人がこの最後の逢瀬で、夢想によって所有される存在から、夢想を所有する側へと変貌していると指摘している。[6]思い出すという行為における、こうした互いの気持ちの重ね合いは、現在でもなく完全に過去でもない宙吊りの空間の中で続けられる。

そして、長い沈黙の後に、

「でもいいわ、私たちはこれほど愛し合ったことになるのだし。」

「一緒になることなく、ですけれど。」

「たぶんそのほうがいいのですわ。」夫人は続ける。

「いいえ！　そんなことはない！　私たちはどんなに幸福になれたことでしょう！」

「ええ、そう思います。あなたのように愛してくだされば。」

これほど長い間離れていながら続いているのは、それほど強い愛情であるはずだ！（第三部六章、六一八）

アルヌー夫人はこの時、「これほど愛し合ったことになる」（nous nous serons bien aimés）と前未来（未来完了）で語っており、それに対してフレデリックは「どれほどの幸福を持つことができたでしょう」（quel bonheur nous aurions eu）と条件法過去（仮定法過去完了）を用いている。(7) つまりアルヌー夫人は未来のある時点ですでに完了している関係を、他方でフレデリックは実現したかもしれなかった過去を語っている。ここには大きなすれ違いがある。アルヌー夫人にとって、「これほど愛し合っていた」間柄は、フレデリックと向き合っている今この時には完全には成立しておらず、この先に思い出した時にはすでに終わっている。今目の前にいるその人の前から、自分が永遠に姿を消した後に初めて愛し合っていたという事実は現れるのであり、つまりは思い出の中でのみ存在したことになる恋愛関係である。

それに対してフレデリックは、過去から訪問してきた女性を前に、失われた十五年の間に自分たちが共有できたはずの人生を振り返っている。二人は共有することのない別々の時間に互いの接触地点をおいている。ブロンベールはこのやり取りを「この愛の追悼の辞は、自由への讃歌となっている」とし、「時間はもはや彼らを支配せず、侵食もしない(8)」と指摘する。崇拝する対象の理想化も、そこへ到達しないままに手を伸ばし続ける状態も、このようにして保たれる。

二　苦痛から幻滅へ

かつては一方的に想像するしかなかった「愛し合う」という言葉を、ついに夫人の口から聞くことが叶い、これまでの「苦痛が報いられる瞬間」がやってくる。『聖ジュリヤン伝』において、その瞬間は、苦難に満ちた生が完遂されて神の御許に召される時だったが、[9] フレデリックの場合、それはアルヌー夫人が自分の感情を、喜びをもって受け入れていたと告げた時に訪れる。

「それは、あなたが私の手首に、手袋と袖口の間に接吻なさった夜でした。〝彼は私を愛しているのだ……私を愛しているのだ〟と思いました。でも、それを確認するのは怖かったのです。あなたの慎み深さがとても魅力的で、何の気なしに続けられる称賛を感じて嬉しく思っていました。」（同章、六一八）

この告白を受けて、フレデリックは「もう何一つ後悔することはなく」、「全ての苦痛は報いられた」（同）と感じる。ここで注目したいのは「手袋と袖口の間への接吻」[10] である。男性が女性の手に接吻する行為は、日常的に行われる挨拶である。フレデリックにとっても、夫人の手への接吻は、挨拶以上の意味を持ってはいなかっただろう。ところが夫人によって明らかにされたのは、そこに形式的な挨拶以上の意味が生じていたという事実だった。常に衣服で身を守っていたアルヌー夫人にとって、「手袋と袖口の間」に覗いていた肌へ直接触れられる行為は、甘美な誘惑となった。ロラン・バルトは「身体の中で最もエロティックなのは、衣服が口を開けている所」と指摘し、「エロティックなのは間歇であり、二つの衣服（パンタロンとセーター）、二つの縁（半ば開いた肌着、手袋と袖）の間にちらちら見える肌の間歇。誘惑的なのはこのちらちら見えることそれ自体である」[11]（傍点筆者）と論じる。わずかに覗く肌への接吻は、アルヌー夫人にとっても、青年の欲望を身に受ける悦びをもたらすものだったのである。

アルヌー夫人の告白によって、フレデリックが不可触の女性に実は触れていた、つまり一方的な接触ではなく相互的な触れ合いが行われていたことが明らかにされる。かつて二人は抱き合い接吻を交わすこともあったが、それは瞬間的なものに留まり、夫人は恒常的に触れることのできない女性だった。マウス・トゥ・マウスの接吻ではない「手袋と袖口の間の肌への接吻」は、日常生活に潜む空隙への接触として、夫人だけに記憶されていた。当時は知ることがなく、遥か昔に終わってしまっているこの接触が、記憶の底に沈殿していたフレデリックの「全ての苦痛」を浄化したことになる。

ここまで辿られてきた記憶上の接触も恍惚も、すでに現在に属するものではないという事実は、アルヌー夫人の白髪がランプの光に照らし出された瞬間に実感される。

> 家に帰ると、アルヌー夫人は帽子を脱いだ。小テーブルの上に置かれたランプが、夫人の白い髪を照らし出した。それは胸の正面に一突き受けたような感じだった。（同章、六一八〜六一九）

フレデリックが受ける「胸の正面に一突き受けたような」（comme un heurt en pleine poitrine）（第三部六章、六一九）という衝撃は、『ヘロディア』でヘロデ・アンチパスが、預言者エリヤの名として高らかに叫ばれたヨカナンの名に受けた「胸の正面に一突き受けたような」[12]（comme frappé en pleine poitrine）動揺と、ほとんど同じである。ヘロデが受けたのは物語冒頭から自分を脅かしていた滅びの予感が、自分が幽閉していたヨカナン（洗礼者ヨハネ）の呪いの言葉に繋がった衝撃だったが、フレデリックは記憶の中で理想化されていた女性の老いという現実に胸を突かれる。老いのしるしは、否応なく老青年に幻滅をもたらす。しかしヘロデが聖なる存在への畏れを実感したように、フレデリックの戦慄は、自分が抱えていた聖域への鋭い認識をもたらす。夫人の白い髪が、長い歳月が出会った頃の夫人の肖像を理想の姿のままに固定していたことを露わにしたのである。失望を隠そうと、フレデリックはその肖像を讃え始める。

「あなたという人、あなたの身動き一つも、私にはこの世で人間以上に貴重に思えたのです。私の心は埃のようにあなたの歩みの後ろに舞い上がっていました。あなたは、芳香が立ちこめ、柔らかい影に包まれた、白っぽい、果てしない夏の夜の月のように私を照らしました。そして肉体の悦びも魂の悦びも、私にとっては、ただ唇で触れたいばかりに何度も繰り返しつぶやいた、あなたの名にこめられていました。それ以上のことは想像しなかったのです。私には、二人のお子さんがいて、優しく、真面目で、眩しいほど美しく、そしてあれほど思いやりのある、いつもあなたがそうだったままのアルヌー夫人でした。」（同章、六一九）

これらの言葉は、「自分の言葉に酔って、自分の言っていることを信じ込んでいる」（同）と説明される。フレデリックは、自分の言葉と実際に辿ってきた感情との間にズレが生じていることに気付いていない。

ここには偶像崇拝の定型的なイメージが大仰に羅列されている。かつて夫人に感じ続け、日々更新され続けていた崇拝の念が、ほとんど実感を伴わずに機械的に言葉の中に流れ出ているように思われる。「人間以上の崇高な存在」に対する、「その足下の埃」という形象は、神の前の無力な人間を表す宗教的な比喩だが、芳香も、果てしなく広がる夏の夜のイメージも、紋切型の崇高性を強調する。そして夫人を譬える月の光は、詩的で神秘的なイメージを生じさせているように思われるが、これまで常に夫人を包んでいた太陽の光の残余でしかなく、それが眩しいあの頃との差異を際立たせている。

対する夫人は、「もはや自分がそうではない女性へのこうした賛辞」(同)にうっとりと聞き入る。フレデリックの言葉が、「かつてのアルヌー夫人」という理想化された女性へ向けられていることを、前未来で二人の関係を語っていた夫人は認識しているのだろう。互いの愛情は、向き合っていたように見えて、実のところどうしようもなくすれ違うものだったことが、こうして明らかになっていく。

過去の真実を明らかにしようとすればするほど、言葉はその上を滑っていく。そして二人の関係を決定付ける、次の場面が訪れる。

フレデリックはアルヌー夫人が身をまかせるつもりで来たのではないかと思った。するとかつてないほど強い、激しく凶暴な情欲に駆られた。しかしまた、表現しがたい何か、一種の反発、近親相姦の恐れのようなものを感じた。後から嫌悪を感じるのではというもうひとつの恐れが彼を引きとめた。それに、なんという間の悪さ！　そして、慎みと同時に理想を損ないたくない気持ちから、彼は踵を返して煙草を巻きはじめた。

夫人は驚きに目をみはって、彼を見つめていた。
「なんというお心遣い！　あなたしかいない、あなたしかいませんわ。」（同章、六二〇）

アルヌー夫人が、最初の「出現」から長い年月をかけてフレデリックを支配していた聖なる存在だったからこそ、いざ触れられる機会が来たと思われた瞬間、かつてないほど激しい情欲と共に「近親相姦の恐れ（l'effroi）のようなもの」が、フレデリックの内に沸き上がる。この「近親相姦」という言葉は、長年続いていた夫人への接触のタブーを象徴する。そして幻滅を予感させる「もうひとつの恐れ（une autre crainte）」と「理想を損ないたくない気持ち」が青年を押し留める。「恐れ」ついて、『作業手帳』には、両者の姦通が「後悔と不安と恐怖」を伴うと記されている。(13) そこで想定されているのは、実際に犯される姦通がもたらす恐怖だった。しかし決定稿でフレデリックが感じる「恐れ」は、決して犯されることのない姦通を示す。また、『作業手帳』では全て複数形で書かれていた「後悔と不安と恐怖」（remords, peurs, terreurs）は、決定稿では異なる二種類の「恐れ」を示す単語（effroi, crainte）となる。«effroi» は、戦慄を伴う極めて強い恐怖を表し、«crainte» はキリスト教用語で「神への畏敬、畏れ」を意味する。二つの恐怖は、夫人の聖性が今や過去の幻影のままで固定され、もはやそこに触れることは不可能である事実を語る。

そのような胸の内を読めずにただフレデリックを見つめて、「なんというお心遣い」と感嘆する夫人の言葉は、両者のズレを決定付ける。ここで現実の関係が終焉を迎え、もはや二人の間には言葉が見つからない。最後の別れを告げた後、アルヌー夫人は、「自分の魂はいつまでもあなたと共にある、天の全ての恵みがあなたの上にありますように！」と、司祭が発する祈りを思わせる言葉と共に、この関係に封蝋を押すかのように、「母のように」（同章、六二二）フレデリックの額に接吻する。そして恋愛関係の終わりを決定付けた、長く白い髪を一房残して、アルヌー夫人は立ち去る。そして「それが全てであった（Et ce fut tout）。」（同）の一行が、夫人によって前未来形で予告された、後に蘇る思い出としての聖域を完成させる。(14)

三 「無気力な情熱」が示すもの

第三部七章（最終章）に置かれた第二のエピローグは、ある冬の日に、(15) フレデリックとデローリエが、かつてパリで出会った人々の近況を語る場面から始まる。親交のあったマルチノン、ユソネ、シジー、ペルラン、セネカルの名前が挙がり、ようやく「君の大いなる情熱だった、アルヌー夫人」の話になり、「彼女は猟兵中尉の息子と共にローマにいるはずで、アルヌーは前年に死んだ」（第三部七章、六二三）ことが明らかにされる。そして話題は、今やすっかり太ってしまったロザネットやその他の人々へと移っていく。そして二人は自分たちの一生を、「二人とも失敗だった、恋愛を夢見た男も、権力を夢見た男も」（同章、六二四）と総括する。デローリエはその理由を「自分は理屈過多で、君は感情過多（trop de sentiment）だった」（同）と結論付ける。こうして『感情教育』が、到達不可能な愛の偶像としてのアルヌー夫人に向かって、たえず起伏する感情に流されてきたひとりの青年の人生の物語だったことが、改めて確認される。

フレデリックとアルヌー夫人、二人の感情は繋がったかと思われた瞬間に離れ、視線は交わしても胸の内を語り合うことはほとんどなく、平行線のまま手を伸ばしたり引いたりしながら、境界のない世界をさまよい、互いに交わらないままの聖域として終わりを告げた。ジャン＝ピエール・リシャールは、「フレデリック・モローの感情教育は、自分が愛することのできるたった一人の女性を得ることが不可能だという真実を受け入れることだけにある」[16]と指摘する。それが、フレデリックを誰よりも知る友人デローリエによって、「感情過多による失敗」と結論づけられたのである。

しかしそれは決して、頭の中だけで完結した空疎な恋愛ではなかった。「失敗」とされたこの恋愛には、生々しい感情が渦巻いていた。内的世界に入り込むほどに外的世界に対する諸感覚は鋭敏になり、[17]恋を秘めようとするほどに感情は外界にほとばしり出て、愛する人の周囲の世界がその人自体となった。それが魂とモノが渾然一体となる「受肉」をもたらし、そこでは地上の愛と宗教的な愛が貫入しあっていた。

フロベールが語る宗教体験の中心には常に、精神と感覚の混合がある。ジュリエット・アズーレは、「被造物と神の愛との混合はフロベールにおける愛のテーマの中心にある」もので、「神の神秘主義的な愛から肉体的な愛まで、母性的な優しさ、プラトニックな愛、過ぎ去った愛まで、あらゆる愛の音階を横切るテーマ」[18]と説明する。フレデリックがアルヌー夫人を見つめている時に、「自らの外に超え出ていく」（第一部五章、一五五）忘我の境地に誘われた感覚は、まさに神的存在を身内に感じ、そこに魂を溶け込ませようとする宗教体験だった。フェリシテがヴィルジニーの初聖体の儀式を見つめ、少女と一体化して気を失いそうになる恍惚感を味わうように、エマが病床の聖体拝領で壮麗な天上世界に没入する感覚に自らを溶け込ませるように、フレデリックはアルヌー夫人に自分を溶け込ませる幸福感を欲し続けた。他の女性では得られない、「アルヌー夫人に向かって自身が運び去られる、あの全身を包み込む恍惚（ce ravissement de tout son être qui l'emportait vers Mme Arnoux)」（第三部三章、五三九）は、まさにフロベール的な宗教体験だった。

物語の最後に、若き日のフレデリックとデローリエが「トルコ女の家」と呼ばれる娼館へ行き、結局怖気付いて何もせずに逃げ帰ったエピソードや、物語を締めくくる「あの頃が一番よかった」（第三部七章、六二六）と二人が繰り返す台詞は、この作品の発表当初から物議を醸していた。この場面についてフェデリカ・スフォラチーニは、彼らがしたことは結局のところバーチャルな所有にすぎず、何も得ず、何も発見しなかった人間の空虚さを象徴するもので、そこには白痴的な笑いと嘲りが見出されると論じている。[19]しかし幻滅の世代にとって、最良の時代とは、幻想を全面的に信じ、全てが可能であった時代であっただろう。このエピローグは、過去の体験が全て失敗だったと結論し、可能なことや到達できることは存在せず、そのような未来を予見できなかった時代へのノスタルジーを描写している。

確かに「あの頃が一番よかった」という言葉は、現在に対する虚無感を表しているが、ジゼル・セジャンジェールが指摘するように、「虚無とは何もないことではない」[20]。虚無こそが生の活性化に結びつき、欠乏こそが何か崇高なものを追い求める契機となる。生きる過程で生じる崇高な悦びは、対象がいないこと・・・でしか長続きしない。[21]フロベールも、「もし人間の不満足な感情、生の虚無感が死に絶えてしまったら、私たちは小鳥たちよりも馬鹿になるでしょう。小鳥たちは少なくとも木にとまることはできますからね。[22]」と述べ、それに対して「嫌悪すべきブルジョワ的な満足」には「月並みな幸福があるが、その俗っぽさは吐き気を催させる。[23]」と記している。

フロベール作品における崇高とは、紋切型の言葉で漫然と「語られる」ものではなく、どうしようもなく「感じられる」ものであり、人間が本能的にそこに向かわずにいられないものだった。崇高に向かうとは、求めても到達し得ない何かに手を伸ばし続けることであり、獲得に向かうというよりも茫然と崇敬のまなざしを注ぎ続けることだった。『感情教育』において、フロベールは聖性を人間の弱さに結びつけた。「無気力な情熱」は、輝かしいものの前で、ただその前で逡巡することしかできない人間の弱さを露呈するものだった。そしてその弱さ、愚かさこそが、過剰なまでの感情や感覚によって、崇高なるものを語り得たのである。

四　おわりに――愚かさの物語

『感情教育』は、宗教に近付こうとする愛の物語である。ほぼ全体がフレデリックの視点から描かれるこの作品においては、光に包まれたアルヌー夫人のイメージが、様々なエピソードの収斂点になっている。崇高への畏れと官能的な欲望、理想への憧憬と現実への失望とは、決して対立するものではなく、常に混じり合っている。アルヌー夫人とロザネット、ダンブルーズ夫人との恋愛関係は、別々のものではなく連動している。それが、しばしば「流れ（flux）と波の揺らめき（ondulations）の小説」[24]と呼ばれる理由となる。人物たちを通して過去や現在や未来、現実と夢想とは繋がり合って揺れ動く。愛する対象が現れては消え、所々で激情が逆巻いては凪ぎ、分岐しては合流していく様は、しばしばセーヌ川の水のリズムに譬えられる。徹底的に受動的な青年の躊躇や逃避により、接触に至ることなく揺れ動く幻想的な感覚が物語を支配し、そこに憂愁や無気力が立ち上る。それが、フロベールが読者に経験させようとした「人生のリズムそのもの」[25]であり、あらゆる感情が渾然一体となって流れ、それでも一点の光のもとで収斂あるいは拡大されていく、宗教的な愛の在り方だった。

ロマン主義において、恋愛は崇高なものと見なされた。叶わない想いから生じる苦痛やメランコリーは、夢想世界に向けて魂を立ち上らせるがゆえに気高いものと見なされる。しかし恋愛や崇高という言葉を多用しながら実際に崇高なものなどない。フレデリックもアルヌー夫人に崇高を見出し、そこに向かう自分の愛に宗教性を与えていた。しかしフロベールは、そこに皮肉を裏付け、パロディとしての性質を持たせることで、むしろ世俗的な愛と神聖な愛、情熱と宗教の、対立関係を前提とした結びつきを解いていった。

イヴァン・ルクレールによれば、フレデリックはロマン主義の言葉に浸りながら、「愛は芸術の糧であり、常ならぬ感情は崇高な作品群を生み出す」という原則に異議を唱える存在だった。[26]「普遍的な愛という叙情的な幻想は、個人のエゴイズムによって敗れ去る」[27]しかなかった。それでも、ロマンチックな甘さの中で退化したように見える「崇高なもの」は、平凡な青年の恋愛感情の中で求め続けられ、聖なる恋愛対象とその人を仰ぎ見るまなざしの間に、人間の内にある普遍的なものとして描き出された。

『感情教育』は、様々な人間の生が渦巻く激動の時代を背景に、そこに生きる人々の間に横溢する愛や友情、野心や欲望といった多様な感情によって構成された、人間の愚かさの物語である。この作品にはフロベールのペシミスティックな人間観が貫かれている。しかしその愚かさの中に、あるいは愚かさによってしか生まれ得ない聖域と呼べる美しさが見出される。フロベールは『感情教育』を通して、忌み嫌っていた現実をより美しいものとして夢見て、より真実なものに再構成したのである。

（1）何か未知のものや神的なものを前にした不安なためらいこそ、「宗教」の原型だった。本書第五章「聖化と涜聖」一〇九頁参照。

（2）フロベールはシュレザンジェ夫人に宛てて「昔の日々は金色の靄の中に浸っているように姿を現します」と記していた（一八七二年十月五日付エリザ・シュレザンジェ宛書簡、*Correspondance*, tome 4, p.585）。金色は過去の思い出を輝かしいイメージで彩る。また細かい葉が並ぶ棕櫚の刺繍には、細かい手作業が想像される。棕櫚は「勝利」や「殉教」の象徴性を持つ。

（3）広い風景の中に響くこだまや鐘の音は、フロベールにも神秘的な感覚をもたらしていた。ボヴァリー夫人が非日常世界の舞台として高台から眺めるルーアンの遠景には鐘の音が響き、贖罪の日々にあるジュリヤンに届くキリストの声も教会の鐘の響きを持っている。

（4）ゲーテ『若きウェルテルの悩み』（一七七四）、青年ウェルテルが婚約者を持つ女性シャルロッテに恋をし、叶わぬ想いに絶望して自殺する。ロマン主義の萌芽となるドイツ古典主義文学。若きフロベールも愛読しており、ルイーズ・コレへの恋文には「ゲーテやバイロンになりたい」という言葉も見える（一八四六年八月十六日付書簡参照）。ウェルテルが抱く片恋の苦悶と陶酔にフレデリックが心酔したのは想像に難くない。

（5）本書第三章「世界の変容」七三頁参照。

（6）Voir Albert Thibaudet, *op.cit.*, p.150.

（7）この時制の使われ方を含めて最後の逢瀬の一連の台詞については、松澤和宏が草稿研究の視点から詳細な分析を行っている（「『感情教育』草稿の生成論的読解の試み――恋愛の物語と金銭の物語の〈間〉――」の「五　アルヌー夫人の最後の訪問」、『文学（第五十六巻・第十二号）』、〈ギュスターヴ・フローベール〉、岩波書店、一九八八年、五六～六三頁参照）。

（8）Victor Brombert, *op.cit.*, p.113.

（9）両親殺しという試練を受け、長い贖罪の期間を経たジュリヤンは、最終的に法悦のうちにキリストと共に天に召される（*Trois contes*, p.127 参照）。

（10）フレデリックは物語の中で、手袋と袖の間に見える手首への接吻を行っているが、それはアルヌー夫人にではなく競馬場でロザネットに対してだった（第二部四章、三二三）。ビアジはこの台詞に付した注で、アルヌー夫人の手首への接吻はフロベールの不注意の問題なのか、描かれてはいなかった場面が暗示されているのか、それとも読者の不確かな記憶をもてあそぶ語り手の倒錯的なゲームなのかと問うている。本書での解釈としては、この中から「描かれていなかった場面の暗示」をとりたい。過去に完了した接触が今確認されることで、関係は結局成立しないことが強調されるのではないだろうか。

（11）ロラン・バルト『テクストの快楽』沢崎浩平訳、みすず書房、一九七七年、一八頁（Roland Barthes, *Le plaisir du texte, points*, Contemporary French Fiction, 2014, pp.17-18）。

（12）*Trois contes*, p.134.

（13）Carnet 19, F°35, *Carnets de Travail*, p.286.

（14）ジャン＝ピエール・リシャールは、小説的な愛と肉体的な満足を結びつけてしまったボヴァリー夫人に対して、フレデリックとアルヌー夫人は最後まで文学的世界に忠実だったと指摘する（Jean-Pierre Richard, *op.cit.*, p.224）。

（15）ビアジはこの冬を、この作品を脱稿する時期と交錯しているとし、おそらく一八六八年から六九年、あるいは六九年から七〇年と推測する（*Voir L'Éducation sentimentale*, p.621）。フレデリックはもう五十代で、当時の男性平均寿命の年齢に達している（Voir Yvan Leclerc, *op.cit.*, p.40）。

（16）Jean-Pierre Richard, *op.cit.*, p.209.

（17）オートゥイユで、二人は互いの恋を隠そうとしてかえってそれを露わにし、性的羞恥に心と身体を抑え続けていくうちにかえって感覚を鋭くし、湿った木の香りや風や周囲の音に反応して焦燥感や不安に掻き立てられる（第二部六章、四〇七）。

（18）Juliette Azoulai, *op.cit.*, p.373.

（19）Voir Federica Sforazzini, *L'image, la séduction, la rhétorique – Flaubert en sept essais*, Mimesis France, 2013, p.65.

（20）Gisèle Séginger, «L'Ontologie flaubertienne – une naturalisation du sentiment religieux», dans La revue des Lettres Modernes, *Flaubert 3, mythes et religions* 2, 1988, p.70.

（21）*Ibid.*, p.69.

（22）ルイーズ・コレ宛一八五二年九月四日付書簡（*Correspondance*, tome 2, pp.151-152）。

（23）ルイーズ・コレ宛一八四七年一月十一日付書簡（*Correspondance*, tome 1, p.425）。

（24）Yvan Leclerc, «Style fluide, style limpide chez Flaubert et Maupassant», dans *Bulletin Flaubert – Maupassant* N° 29, Amis de Flaubert et de Maupassant, 2014, p.113.

（25）訳者生島遼一による「解説」、『感情教育（下）』岩波書店（岩波文庫）、一九七一年、三二五頁参照。

（26）Yvan Leclerc, *L'Éducation sentimentale*, op. cit., p.108.

（27）*Ibid.*, p.121.

あとがき

フロベールが亡くなった直後、一家と親交のあったディドン神父が、[1]作家の姪カロリーヌに次のような書簡を送っている。

彼の魂は高く飛翔していました。あれほどに大きく理想に開かれていたまなざしは間違いなく神をとらえていたことでしょう。私はあなたの叔父さんが好きでした。彼の大きな瞳は目に見えるものよりも遠く、もっと高いところを見つめていました。確かに、その視線の先には神がおられました。[2]

フロベールは、神、神性、崇高なるものを追い求めていた。そしてそれは、愚劣な社会や人間を容赦なく描き出すことによって表現された。人間の内にある、神を求める崇高性をとらえようとする作家としての使命感は、フロベールの魂から生涯消えることはなかった。

本書は、二〇一三年に出版された拙著『フロベールの聖〈領域〉――「三つの物語」を読む』（彩流社）

の続編といえる。『フロベールの聖〈領域〉』では、「フロベールとキリスト教」という観点から、『純な心』、『聖ジュリヤン伝』、『ヘロディア』を収めた『三つの物語』を中心に、『ボヴァリー夫人』と『サラムボー』についての考察も行った。そこで本書では、前著で触れられなかった『感情教育』を主軸に据えている。

本書では書簡も数多く引用している。フロベールは生涯にわたって、芸術観や宗教観、自分が生きる時代への見解、作品執筆の進捗状況、ルーアン郊外のクロワッセの書斎やパリでの生活について、多くの書簡を家族や恋人、友人たちに書き送っていた。その数は、現在残されているものだけでも四千通以上を数える。書簡研究において、かつてはコナール版(3)やオネットム版(4)が重用されていたが、書簡研究の進展により、内容はもちろん日付等の情報がより正確に記載されるようになった。(5)本書で参照した書簡集は、一九七三年から二〇〇七年にかけて出版されたプレイヤッド版全五巻(6)で、ここには一八三〇年から最晩年の一八八〇年までの四千二百七十三通の書簡が収められている。さらに二〇一七年に公開された電子版の書簡集(7)では、フロベールが書き送った四千四百九十一通の書簡が閲覧できるようになった。電子版では、原文に修正が施されることなく、作家の書き直しの痕跡も再現され省略文字もそのまま転記されており、可能な限り元の書簡の画像が並列されているため、筆跡をたどることも可能となっている。

一語一句が厳密に組み立てられている作品とは対照的に、書簡では日々の考えが筆の向くままに書き連ねられている。「ペンの男」(homme-plume)と自称するフロベールにとって、作品だけではなく書簡を書く作業もまた、生きることそのものの行為であった。ただし一日の執筆を終えた後に、その時々の思考を感情の赴くままに書き留めた書簡の内容については、誇張や偏見が含まれている可能性も考慮するべきだろう。

現存するフロベールの最初期の書簡のひとつ、一八三一年元日前に親友エルネスト・シュヴァリエ宛に書かれた一通には、「君が言っていた通り、元日というのは馬鹿げているよ。(8)」という一節がある。九歳になったばかりのギュスターヴはすでに、皆で良き日を祝う世間的な慣習に異を唱え、馬鹿げた(bête)という、その後ブルジョワ社会に多用される形容詞を使っている。この姿勢は生涯続くが、やがてそうした卑俗な世界やそこに生きるブルジョワたちの姿を描き出す手段として、フロベールは文学という芸術に至高の価値を見出し、フランス近代文学の礎となるいくつもの作品を完成させた。

チボーデは「芸術はフロベールにとってひとつの宗教だった(9)」という。ここでいう「宗教」とは、シャルル・ド・ボスが「芸術はフロベールに、最も厳密な宗教と同様に厳しい要求を課すものでなければならず、この宗教そのものの内部に最も熱烈な神秘主義が孕まれる必要がある、そうすれば芸術はフロベールにとって完全な宗教となる(10)」と述べているものであり、他のどの宗教よりも厳格といえるだろう。『感情教育』も、そうした「芸術という宗教」の完成形として、フロベールが私たちに提示した作品であり、十九世紀フランスの一世代と、そこに息づくひとりの青年の情熱と生が、私たちの中に充満しているのである。


本書にまとめられた研究の礎となっているのは、二〇一七年三月末から二〇一八年三月末まで一年間、日本大学から与えられた研究休暇である。一九九九年から二〇〇一年にかけて二年間留学したノルマンディー地方の古都ルーアンの地で、再び研究生活を送ることになった。留学当時の指導教授だったイヴァン・ルクレール先生から、研究員としてルーアン大学への受け入れ許可を得て、フロベール関連書籍が充実しているルーアン大学図書館、フロベール研究室（Centre Flaubert）が入った文学・芸術研究室（CÉRÉdI : Centre d'Études et de Recherche Éditer / Interpréter）、二〇一七年春に改修を終えたルーアン市立図書館（Bibliothèque patrimoniale Villon）等で研究生活を送った。ルーアンに拠点のある「フロベール・モーパッサン研究会」（Les Amis de Flaubert et de Maupassant）にも所属し、多くの研究会に参加した。滞在中の二〇一七年十一月二日に電子版フロベール書簡集が公開されたため、書簡研究に関するシンポジウムも開かれた。また市内の「フロベール文学ホテル」（Hôtel Littéraire Gustave Flaubert）では、研究会と連携したフロベール関連の講演会や座談会、朗読会などが開かれ、地域の文学愛好者や図書館の方々との交流も叶った。

この間に滞在していた住まいは、ルーアン大聖堂の裏手にある、美しいフランボワイヤン様式のサン・マクルー教会の真裏にあったのだが、幸運なことにその建物の一階は大家が店主を務める老舗の古書店（Librairie Bertran）であり、『ボヴァリー夫人』の初版本など稀少本を紹介してもらう機会に恵まれた。滞在中は、パリをはじめフロベールがシュレザンジェ夫人と出会ったトルーヴィルなど、『感情教育』関連の地に足を運ぶこともできた。滞在先でお世話になった全ての方々に感謝の意を捧げたい。

本研究の発表の場を提供してくださった、青山学院大学におけるキリスト教文学研究会の小玉晃一先生とメンバーの方々、国際文化表現学会、日本大学国際関係学部国際関係研究所に感謝申し上げる。また前著に引き続き、研究に関するご助言をくださった日本大学の諸坂成利先生、本書の出版に際して様々な要望に応えてくださった、えにし書房の塚田敬幸氏に心より感謝する。そして今回も大いに助力してくれた母に感謝したい。

なお、本研究に関する初出論文は「フロベール『感情教育』における〈無気力な情熱〉と崇高の問題」（日本大学国際関係学部 国際関係研究所、二〇二〇年二月）である。

二〇二〇年二月

橋本　由紀子

（1）ディドン神父の名は一八七四年以降、何度もフロベールの書簡に記される、姪カロリーヌが親しく交際していた司祭。「あれは感じの良い人だ。とても感じが良い。神父ではあるが。」（一八七八年一月十二日付ロジェ・デ・ジュネット宛書簡、*Corresponcane*, tome 5, p.347.）

（2）一八八〇年五月十五日付、ディドン神父からカロリーヌ・コマンヴィル宛の書簡（Henri Didon, *Lettres à madame Caroline Commanville, 1874-1883*, Plon, 1930, p.78）。

（3）ルイ・コナール版書簡集は全九巻、一九九二通所収。コナール版の全書簡は以下のサイトから閲覧可能：https://flaubert.univ-rouen.fr/correspondance/conard/accueil.html（*Correspondance*, Louis Conard, 1926-1933, site fait par Danielle Girard et Yvan Leclerc, Université de Rouen Normandie, 2003.）

（4）オネットム版の書簡集は全五巻、三千七百六十二通所収。編者はモーリス・バルデシュ：*Correspondance*, édition Maurice Bardèche, Club de l'Honnête Homme, 1974-1976.

（5）最初のフロベール書簡集はシャルパンティエ社の四巻本（*Correspondance*, G. Charpantier (tome 1-3), G. Charpantier et E. Fasquelle (tome 4), 1887-1893）だが、これはフロベールの姪カロリーヌが大幅に手を加えた版である。次いで一九一〇年に一度不完全な形でコナール版が出されたが、最初の信頼できる版としてはルネ・デシャルム版（*Correspondance*, édition René Descharmes, Librairie de France, 1922-1925）を待たなければならなかった。この後に再度出されたコナール版のほとんどの注解は、この版のものが用いられている。その他、ジョヴァンニ・ボナコルソ版（*Correspondance*. Première édition scientifique, édition Giovanni Bonaccorso, Nizet, 2001）も二巻本で出されるが、ボナコルソの死により中断している。ジョルジュ・サンドやツルゲーネフなど、他の作家との往復書簡集も個別に出版されている。

（6）第一巻から第四巻まではジャン・ブリュノーによって、第五巻はブリュノーの死により共同研究者のイヴァン・ルクレールによって出版された。巻末の参考文献参照。

（7）http://flaubert.univ-rouen.fr/correspondance/edition/index.php, Centre Flaubert, CÉRÉdI, Université de Rouen Normandie, ouverture le 2 novembre 2017.

（8）Avant 1er janvier 1831, *Correspondance*, tome 1, p.4.

（9）Vers le 31 décembre 1830, *op.cit.*, p.75.

（10）Charles Du Bos, *Approximations*, Éditions des Syrtes, 2000, p.167.

参考文献

〈フロベールの著作・書簡集・全集〉

Œuvres de Flaubert

—— Gustave Flaubert, *L'Ēducation sentimentale, édition présentée et annotée par Pierre-Marc de Biasi,* Le Livre de Poche Classiques, Librairie Générale Française, 2002

—— Gustave Flaubert, *L'Ēducation sentimentale,* édition présentée et annotée par Stéphanie Dord-Crouslé, GF Flammarion, 2001 (Deuxième édition corrigée, 2003)

—— Gustave Flaubert, *L'Ēducation sentimentale* rédigée par Edouard Maynial, Garnier Frères, 1964

—— Gustave Flaubert, *Carnets de Travail*, édition critique et génétique établie par Pierre-Marc de Biasi, Balland, 1988

—— Flaubert, *Madame Bovary —Mœurs de Province*, édition établie par Claudine Gothot-Mersch, Bordas, Classiques Garnier, 1990

—— Flaubert, *Salammbô*, édition établie par Jacques Suffel, Garnier Flammarion, 1992

—— Gustave Flaubert, *Trois Contes*, édition établie par Pierre-Marc de Biasi, Librairie Générale Française, le livre de poche classique, 1999

—— Flaubert, *Novembre, dans Mémoires d'un fou, Novembre et autres textes de jeunesse*, édition critique établie par Yvan Leclerc, GF Flammarion, 1991

—— Flaubert, *L'Éducation sentimentale* (1845), *Œuvres de jeunesse, Œuvres complètes I*, édition présentée par Claudine Gothot-Mersch et Guy Sagnes, Bibliothèque de la Pléiade, Gallimard, 2001

—— Flaubert, *Le Dictionnaire des idée reçues et Le Catalogue des idées chic*, texte établi, présenté et annoté par Anne Herschberg Pierrot,

Librairie Générale Française, Les Classiques de Poche, 1997
—— Flaubert, *La Tentation de saint Antoine,* édition établie par Jacques Suffel, Garnier Flammarion, 1967
—— Flaubert, *Bouvard et Pécuchet*, édition présentée et établie par Claudine Gothot-Mersch, Gallimard, folio, 1979
—— Flaubert, *Voyage en Egypte,* Grasset & Fasquelle, 1991
—— Flaubert, *Carnet de Voyage à Carthage*, Texte établi par Claire-Marie Delavoye, Publications de l'Université de Rouen, 1999
—— Flaubert, *Notes de Voyage, tome 2, Œuvres complètes de Gustave Flaubert*, tome 5, Louis Conard, 1910
—— *Œuvres complètes de Gustave Flaubert*, tome 1~16, Club de l'Honnête Homme, 1971-1975

Correspondance

—— Flaubert, *Correspondance,* Édition électronique par Yvan Leclerc et Danielle Girard, Centre Flaubert, CÉRÉdI, Université de Rouen Normandie, ouverture le 2 novembre 2017 : http://flaubert.univ-rouen.fr/correspondance/edition/index.php
—— Flaubert, *Correspondance*, Edition établie, présentée et annotée par Jean Bruneau et Yvan Leclerc(tome 5), Bibliothèque de la Pléiade, Gallimard
tome 1 : (janvier 1839 - juin 1851) 1973, tome 2 : (juillet 1851 - décembre 1858) 1980, tome 3 : (janvier 1859 - décembre 1868) 1991, tome 4 : (janvier 1869 - décembre 1875) 1998, tome 5 : (janvier 1876 - mai 1880) 2007
—— Gustave Flaubert par sa nièce Caroline Franklin Grout, *Heures d'autrefois, Mémoires inédites, Souvenirs intimes et autres textes,* Textes établis par Matthieu Despotes, Publication de l'Université de Rouen, 1999
—— Henri Didon, *Lettres à madame Caroline Commanville, 1874-1883*, Plon, 1930

—— 『フローベール全集』（全十巻＋別巻）筑摩書房、一九九八年（再版）
1『ボヴァリー夫人——地方風俗——』伊吹武彦訳、一九六五年（初版年、以下個別に記す）
2『サラムボー』田辺貞之助訳、一九六六年
3『感情教育——ある青年の物語——』生島遼一訳、一九六六年
4『聖アントワーヌの誘惑』渡辺一夫・平井照敏訳、『三つの物語』山田九朗訳、一九六六年

5『ブヴァールとペキュシェ』新庄嘉章訳、一九六六年
6『初期作品Ⅰ』山田𣝣訳、一九六六年
7『初期作品Ⅱ』:『狂人の手記』、『十一月』、『初稿 感情教育』桜井成夫訳、一九六六年
8『書簡Ⅰ(一八三〇~一八五一)』蓮見重彦・平井照敏訳、一九六七年
9『書簡Ⅱ(一八五一~一八五七)』山田𣝣・斎藤昌三・蓮見重彦訳、一九六八年
10『書簡Ⅲ(一八五八~一八八〇)』中村光夫・山川篤・加藤俊夫・平井照敏・内藤昭一・蓮見重彦・宮原信・斎藤一郎・平岡昇訳、一九七〇年
——フローベール『感情教育(上・下)』生島遼一訳、岩波書店(岩波文庫)、一九七一年
——フローベール『ボヴァリー夫人』生島遼一訳、新潮社(新潮文庫)、一九九七年(改版)
——フローベール『ブヴァールとペキュシェ(上・中・下)』鈴木健郎訳、岩波書店(岩波文庫)、一九五四年~一九五五年
——フローベール『三つの物語』山田九朗訳、岩波書店(岩波文庫)、一九四〇年
——フローベール『紋切型辞典』小倉孝誠訳、岩波書店(岩波文庫)、二〇〇〇年

〈欧文書籍・論文〉

Sur *L'Éducation sentimentale*

——Marie-Astrid Charlier, Florence Pellegrini, Laure Himy-Pieri, *L'Éducation sentimentale de Flaubert* (Clefs Concours Lettres XIXe siècle), Atlande, 2017
——Claude Herzfeld, *Flaubert, l'Éducation sentimentale, Minutie et Intensité*, Espaces littéraires, L'Harmattan, 2008
——Yvan Leclerc, *Gustave Flaubert, L'Éducation sentimentale*, études littéraires, Presses Universitaires de France, 1997
——Pierre-Louis Rey, L'Éducation sentimentale *de Gustave Flaubert*, Gallimard, 2005
——Michel Brix, «*L'Éducation sentimentale* de Flaubert : de la peinture de la passion «inactive» à la critique du romantisme français», dans *Études Littéraires*, volume 30, N°3 Été, 1998

Sur *la Correspondance*

—— Hélène Frejlich, *Flaubert d'après sa Correspondance,* Slatkine Reprints, 2012 (Réimpression de l'édition de Paris, 1933)

—— Thierry Poyet, *Flaubert ou une conscience en formation — Étique et esthétique de la correspondance 1830-1857*, L'Harmattan, 2008

—— Suzanne Toulet, *Le sentiment religieux de Flaubert d'après Correspondance*, Édition Cosmos, 1970

Sur Flaubert et ses œuvres

—— Juliette Azoulai, *L'Ame et le Corps chez Flaubert – Une onthologie simple*, Classiques Garnier, 2014

—— Victor Brombert, *Flaubert*, érivains de toujours, Seuil, 1971

—— Michel Butor, *Improvisations sur Flaubert*, Le Sphinx, 1984

—— Pierre Danger, *Sensation et Objets dans le Roman de Flaubert,* Armand Colin, 1973

—— Isabelle Daunais, *Flaubert et la scénographie romanesque,* Nizet, 1993

—— Pierre-Marc de Biasi, *Gustave Flaubert, Une manière spéciale de vivre*, Grasset & Fasquelle, 2009

—— Jacques Chessex, *Flaubert ou le désert en abîme*, Grasset & Fasquelle, 1991

—— Maxime Du Camp, *Souvenirs littéraires (1882-1883)*, édition Daniel Oster, Aubier, 1994

—— Franck Errard, Bernard Valette, *thèmes & études Gustave Flaubert*, Ellipses Édition Marketing, S.A., 1999

—— Bernard Fauconnier, *Flaubert*, Gallimard, 2012

—— Henri Guillemin, *Flaubert, devant la vie et devant Dieu*, préface par François Mauriac, Utovie, 1998 (1939)

—— Henry James, *Gustave Flaubert,* L'Herne, 1969

—— Sylvie Laüt-Berr, *Flaubert et l'Antiquité, Itinéraires d'une passion*, Honoré Champion, 2001

—— Michel Martinez, *Flaubert, Le Sphinx et la Chimère – Flaubert lecteur, critique et romancier d'après sa correspondance, collection critiques littéraires,* L'Harmattan, 2002

—— Cécile Matthey, *L'écriture hospitalière / L'espace de la croyance dans Trois Contes de Flaubert,* Éditions Rodopi B.V., 2008

—— Maurice Nadeau, *Gustave Flaubert écrivain,* Les Lettres Nouvelles, 1969

—— *Flaubert, Étique et Esthétique,* sous la direction de Anne Herschberg Pierrot, Presses Universitaires de Vincennes, 2012

—— Jean-Pierre Richard, *Littérature et sensation Stendhal-Flaubert,* points, Seuil, 1954

—— Gisèle Séginger, *Flaubert, Une étique de l'art pur,* Sedes, 2000

—— Gisèle Séginger, *Une Poétique de l'histoire,* Presses universitaires de Strasbourg, 2000

—— Gisèle Séginger, *Naissance et métamorphoses d'un écrivain – Flaubert et Les Tentations de Saint Antoine*, Honoré Champion, 1997

—— Federica Sforazzini, *L'image, la séduction, la rhétorique – Flaubert en sept essais,* Mimesis France, 2013

—— Albert Thibaudet, *Gustave Flaubert,* Gallimard, 1935

—— Sylvie Triaire, *Une esthétique de la déliaison : Flaubert(1870-1880),* Honoré Champion, 2002

—— Timothy A. Unwin, *Flaubert et Baudelaire – Affinités spirituelles et esthétiques*, A.G. Nizet, 1982

—— Pierre Bourdieu, «L'invention de la vie d'artistes», dans *Acte de la recherche en sceances sociales*, N°2, mars 1975

—— Jean-Louis Cabanès, «Sublime et Réalisme dans les Romans de Flaubert», dans *Flaubert Hors de Babel,* textes réunis par Michel Crouzet et Didier Philippot, Eurédit, 2013

—— Françoise Gaillard, «Qui a tué Madame Bovary ?», dans *Flaubert, Etique et Esthétique*, sous la direction de Anne Herschberg Pierrot, Presses Universitaires de Vincennes, 2012

—— Yvan Leclerc, «Style fluide, style limpide chez Flaubert et Maupassant», dans *Bulletin Flaubert – Maupassant* N° 29, Amis de Flaubert et de Maupassant, 2014

—— Jacques Neefs, «Flaubert et les idées religieuses», in *Flaubert e il pensiero del suo secolo* (Atti del convegno internazionale, Università di Messina), Facoltà di lettere e filosofia / Istituto di lingue e letterature straniere moderne, Messina, 1985

—— Marcel Proust, «A propos du style de Flaubert», *Contre Sainte-Beuve,* Bibliothèque de la Pléiade, Gallimard, 1971

—— Gisèle Séginger, «Le sentiment religieux dans la littérature française du 19e siècle», «Flaubert en Orient —L'invention d'un art du sensible», *Flaubert au carrefour des cultures*, Textes réunis par Noriyuki Sugaya, dans *Bulletin de la Section Française Faculté des Lettres Université Rikkyo*, n°40, 2011

—— Gisèle Séginger, «L'Ontologie flaubertienne – une naturalisation du sentiment religieux», dans La revue des Lettres Modernes, *Flaubert 3, mythes et religions 2,* 1988

—— *Flaubert à l'œuvre,* présentation Raymonde Debray-Genette, Flammarion, 1980

—— *Flaubert et les Artistes de son temps- éléments pour une conversation entre écrivains, peintres et musiciens,* textes réunis et présentés par Thierry Poyet, Eurédit, 2010

—— *Bulletin Flaubert – Maupassant,* N° 29, Amis de Flaubert et de Maupassant, 2014

D'autres ouvrages

—— *Lettres d'Abélard et Héloïse*, texte établi et annoté par Eric Hicks et Thérèse Moreau, livre de poche, Librairie Générale Française, 2007

—— Erich Auerbach, *Mimésis, la représentation de la réalité dans la littérature occidentale*, Traduit de l'allemand par Cornélius Heim, tel, Gallimard, 1968

—— Roland Barthes, *Michelet par lui-même*, écrivains de toujours, Seuil, 1965

—— Roland Barthes, *Fragments d'un discours amoureux*, Tel Quel, Seuil, 1977

—— Roland Barthes, *Le plaisir du texte*, points, Contemporary French Fiction, 2014

—— Jacques-Olivier Boudon, Jean-Claude Caron, Jean-Claude Yon, *Religion et culture en Europe au 19e siècle*, Armand Colin, 2001

—— Victor Cousin, *Œuvres de Jeunesse I, Cours de Philosophie, professé à la Faculté des Lettres pendant L'Année 1818, Sur le fondement des idées absolues du Vrai, du Beau, du Bien,* 19e leçon et 21e leçon, Slatkine Reprints, 2000

—— Charles Du Bos, *Approximations*, Editions des Syrtes, 2000

—— Michel Foucault, *Histoire de la sexualité*, tome 4, Les aveux de la chair, Gallimard, 2018

—— Edmond et Jules de Goncourt, *Journal, mémoires de la vie littéraire* (coffret de trois volumes : tome 1(1851-1865), tome 2(1866-1886), tome 3(1887-1896)), Robert Laffont, 1989

—— Victor Hugo, *Les Misérables,* Gallimard, 1951

—— Régis Ladous, Alain Quagliarini, *Religion et culture en France, Allemagne, Italie et Royaume-Uni au XIXe siècle,* Ellipses, 2001

—— Georges Poulet, *Études sur le temps humain,* Plon, 1972

—— Georges Poulet, *Les Métamorphoses du cercle*, Plon, 1961

—— Marcel Proust, *Correspondance*, tome XIX, 1920, texte établi, presenté et annoté par Philip Kolb, Plon, 1991

—— Edgar Quinet, *Le christianisme et la Révolution française*, Fayard, 1984

—— René Rémond, *Religion et Société en Europe—La sécularisation aux et siècles 1789-2000*, points histoire, Seuil, 1998

—— Ernest Renan, *Histoire des Origines du Christianisme, tome 1 et 2*, édition établie et présentée par Landyce Rétat, Robert Laffont, 1995

—— Jean Rousset, *Leurs yeux se rencontrèrent / la scène de première vue dans le roman*, José Corti, 1984

—— Stendhal, *De l'amour*, Gallimard folio, 1980

—— André Thérive, *Christianisme et Lettres Modernes(1715-1880)*, Artème Fayard, 1958

—— Albert Thibaudet, *Réflexions sur la littérature*, édition établie et annotée par Antoine Compagnon et Christophe Pradeau, Quatro, Gallimard, 2007

—— Alexis de Tocqueville, *De la démocratie en Amérique*, tome 2, GF Flammarion, 1989

Bible, Dictionnaires

—— *La Bible de Jérusalem*, Nouvelle édition revue et corrigée, traduite en français sous la direction de l'École biblique de Jérusalem, Cerf, 2003

—— *Le Grand Dictionnaire Universel du XIXe siècle*, par Pierre Larousse, Administration du Grand Dictionnaire Universel, 1866-1876

—— *Religions*, tome 1-3, les équipes éditoriales et techniques d'Encyclopædia Universalis, sous la responsabilité éditoriale de Christian Hermansen, Encyclopædia Universalis France, 2010

〈和文書籍・論文〉

フロベール関連書籍

—— 小倉孝誠『「感情教育」歴史・パリ・恋愛』みすず書房、二〇〇五年

—— 工藤庸子『ボヴァリー夫人の手紙』筑摩書房、一九八六年

—— 工藤庸子『フランス恋愛小説論』第四章「感情教育」、岩波文庫（岩波新書）、一九九八年

――アルベール・チボーデ『ギュスターヴ・フロベール』戸田吉信訳、法政大学出版局（ウニベルシタス）、二〇〇一年
――橋本由紀子『フロベールの聖〈領域〉――「三つの物語」を読む』彩流社、二〇一三年
――ジャンヌ・ベム『フロベール、コンテンポラリーなまなざし』柏木加代子訳、水声社、二〇一七年
――エミール・ゾラ「作家ギュスターヴ・フロベール」、『文学論集1865-1896』（『ゾラ・セレクション』第八巻）、佐藤正年訳、藤原書店、二〇〇七年
――『文学（第五十六巻・第十二号）』、〈ギュスターヴ・フローベール〉、岩波書店、一九八八年十二月
ピエール・ブリュデュー「『感情教育』論（一）―作品の社会空間」
松澤和宏「『感情教育』草稿の生成論的読解の試み―恋愛の物語と金銭の物語の〈間〉」
小倉孝誠「フロベールにおける知の生成と変貌―『感情教育』と社会主義的言説」

その他の書籍

――アウエルバッハ「聖書の通俗的な言葉」松田治訳、『世界文学の文献学』みすず書房、一九九八年
――聖アウグスティヌス『結婚の善』、『アウグスティヌス著作集（第七巻）』、教文館、一九七九年
――ジョルジョ・アガンベン『瀆神』堤康徳・上村忠男訳、月曜社、二〇〇五年
――ジョルジョ・アガンベン『裸性』岡田温司・栗原俊秀訳、平凡社、二〇一二年
――ポール＝ロラン・アスン『フェティシズム』西尾彰泰・守谷てるみ訳、白水社（文庫クセジュ）、二〇〇八年
――テリー・イーグルトン『宗教とは何か』大橋洋一・小林久美子訳、青土社、二〇一〇年
――今村武、橋本由紀子、小野寺玲子、内堀奈保子『不道徳な女性の出現　英仏独米の比較文化』南窓社、二〇一一年
――ジャン＝ジャック・ヴュナンビュルジェ『聖なるもの』川那部和恵訳、白水社（文庫クセジュ）、二〇一八年
――宇野重規・伊達聖伸・高山裕二（編著）『社会統合と宗教的なもの――十九世紀フランスの経験』白水社、二〇一一年
――宇野重規・伊達聖伸・高山裕二（編著）『共和国か宗教家、それとも――十九世紀フランスの光と闇』白水社、二〇一五年
――ミルチャ・エリアーデ『聖と俗』、風間敏夫訳、法政大学出版局（ウニベルシタス）、一九八八年
――小倉孝誠『〈女らしさ〉の文化史――性・モード・風俗』中央公論社（中公文庫）、二〇〇六年
――小倉孝誠『身体の文化史――病・官能・感覚』中央公論新社、二〇〇六年

――ルードルフ・オットー『聖なるもの――神的なものの観念における非合理的なもの、および合理的なものとそれとの関係について』華園聰麿訳、創元社、二〇〇五年
――ヴォルフガング・カイザー『グロテスクなもの』竹内豊訳、法政大学出版局（ウニベルシタス）、一九六八年
――工藤庸子『ヨーロッパ文明批評序説　植民地・共和国・オリエンタリズム』、東京大学出版会、二〇〇三年
――工藤庸子『宗教vs.国家　フランス〈政教分離〉と市民の誕生』講談社現代新書、二〇〇七年
――アラン・コルバン『時間・欲望・恐怖――歴史学と感覚の人類学』小倉孝誠・野村正人・小倉和子訳、藤原書店、一九九三年
――アラン・コルバン『キリスト教の歴史』浜名優美監訳、藤原書店、二〇一〇年
――ウィリアム・ジェイムズ『宗教的経験の諸相（上・下）』桝田啓三郎訳、岩波書店（岩波文庫）、二〇〇四年
――スタンダール『恋愛論』大岡昇平訳、岩波書店（岩波文庫）、一九七〇年
――スピノザ『エチカ（上・下）』畠中尚志訳、岩波書店（岩波文庫）、一九五一年
――アンリ・セルーヤ『神秘主義』深谷哲訳、白水社（クセジュ文庫）、一九七四年
――伊達聖伸『ライシテ、道徳、宗教学――もうひとつの19世紀フランス宗教史』勁草書房、二〇一〇年
――ティリッヒ『キリスト教思想史Ⅰ　古代から宗教改革まで』大木秀雄・清水正訳、『キリスト教思想史Ⅱ　宗教改革から現代まで』佐藤敏夫訳、白水社、一九九七年
――ミシェル・ドゥギー『崇高とは何か』梅木達郎訳、法政大学出版局（ウニベルシタス）、一九九九年
――野崎歓『フランス文学と愛』講談社（講談社現代新書）、二〇一三年
――エドマンド・バーク『崇高と美の観念の起原』中野好之訳、みすず書房、一九九九年
――ジョルジュ・バタイユ『宗教の理論』湯浅博雄訳、筑摩書房（ちくま学芸文庫）、二〇〇二年
――ロラン・バルト『テクストの快楽』沢崎浩平訳、みすず書房、一九七七年
――ロラン・バルト『恋愛のディスクール・断章』三好郁朗訳、みすず書房、一九八〇年
――マリアテレーザ・フマガッリ＝ベオニオ＝ブロッキエーリ『エロイーズとアベラール――ものではなく言葉を』白崎容子・石岡ひろみ・伊藤博明訳、法政大学出版局（ウニベルシタス）、二〇〇四年
――フロイト「トーテムとタブー」、『フロイト著作集 第三巻』高橋義孝訳、人文書院、一九六九年

――フロイト「不気味なもの」、『フロイト全集 十七』藤野寛訳、岩波書店、二〇〇六年
――ヘーゲル『歴史哲学講義（上・下）』長谷川宏訳、岩波書店（岩波文庫）、一九九四年
――ヘーゲル『美学講義』寄川条路・石川伊織・小川真人訳、法政大学出版局（ウニベルシタス）、二〇一七年
――ベルクソン『道徳と宗教の二つの源泉（Ⅰ・Ⅱ）』森口美都男訳、中央公論新社（中公クラシックス）、二〇〇三年
――ヴァルター・ベンヤミン『ベンヤミン・コレクション1――近代の意味』浅井健二郎・久保哲也訳、筑摩書房（ちくま学芸文庫）、一九九五年
――ジャン・ボベロ『フランスにおける脱宗教性（ライシテ）の歴史』三浦信孝・伊達聖伸訳、白水社（文庫クセジュ）、二〇〇九年
――水野尚『恋愛の誕生――12世紀フランス文学散歩』京都大学学術出版会（学術選書）、二〇〇六年
――アンリ・ミットラン『ゾラと自然主義』佐藤正年訳、白水社（文庫クセジュ）、一九九九年
――マルセル・モース、アンリ・ユベール『供犠』小関藤一郎訳、法政大学出版局（ウニベルシタス）、一九八三年
――ジャック・ル＝ゴフ、アラン・コルバン他『世界で一番美しい愛の歴史』小倉孝誠・後平隆・後平澪子訳、藤原書店、二〇〇四年

聖書・辞典等

――『聖書（引照つき）』、新共同訳、日本聖書協会、二〇一二年（本文一九八七・八八年、引照一九九三年）
――ミシェル・フイエ『キリスト教シンボル事典』武藤剛史訳、白水社（クセジュ文庫）、二〇〇六年
――ニコル・ルメートル、マリー＝テレーズ・カンソン、ヴェロニク・ソ『図説キリスト教文化事典』、倉持不三也訳、社原書房、一九九八年
――倉田清・波木居純一『仏英独日対照　現代キリスト教用語辞典』、大修館書店、一九八五年
――大貫隆・宮本久雄・名取四郎・百瀬文晃（編）『岩波キリスト教辞典』、岩波書店、二〇〇二年

【著者紹介】
橋本 由紀子（はしもと・ゆきこ）

2000年　ルーアン大学（Université de Rouen）DEA（専門研究課程、フランス文学）修了
2007年　青山学院大学大学院博士後期課程単位取得満期退学（文学研究科フランス文学専攻）
現在、日本大学国際関係学部准教授

著書
『不道徳な女性の出現——独仏英米の比較文化』（共著、南窓社、2011年）
『フロベールの聖〈領域〉——『三つの物語』を読む』（彩流社、2013年）

所属学会・研究会
日本フランス語フランス文学会／国際文化表現学会／日本比較文学会
日本フローベール研究会／Les Amis de Flaubert et de Maupassant

フロベール『感情教育《かんじょうきょういく》』〈無気力《むきりょく》な情熱《じょうねつ》〉と崇高《すうこう》

2020年 3月31日 初版第1刷発行

■著者　橋本由紀子
■発行者　塚田敬幸

■発行所　えにし書房株式会社
〒102-0074 東京都千代田区九段南1-5-6 りそな九段ビル5F
TEL 03-4520-6930　FAX 03-4520-6931
ウェブサイト　http://www.enishishobo.co.jp
E-mail　info@enishishobo.co.jp

■印刷／製本　三鈴印刷株式会社
■DTP／装丁　板垣由佳

ISBN978-4-908073-75-5　C0098

定価はカバーに表示してあります
乱丁・落丁本はお取り替えいたします。